我被校內頂流α纏上了

著◆怪盜紅斗篷
繪◆HT

何謂 Omegaverse (ABO)？

世界除了男、女兩種第一性別之外，另有ALPHA、BETA和OMEGA這三種分類，也就是所謂的第二性別。第一性別出生時即決定，第二性別一般則會在青春期（約10歲）開始時分化。因此一共能細分成六種性別。

ALPHA在體能及其他諸多方面上皆占優勢，因此多於社會中居於領導地位。BETA一般而言生殖力及其他大部分能力都普普通通，多半屬於中間階層。OMEGA無論男女都極易受孕，生殖能力強，發情期時會散發費洛蒙吸引ALPHA，體力則明顯劣於ALPHA與BETA，多屬弱勢族群。

10歲以後，學校會安排強制性的檢查，透過驗血的方式檢驗第二性別。檢驗出來的結果屬於個人隱私，不會對外公布，僅會通知本人及其家人。雖然要不要讓別人知道自己的第二性別屬於個人自由，但遇到類似升學、宿舍申請、就職等狀況時，還是要依據學校及工作地點等的要求，照實填寫自己的第二性別。

人口比例上BETA>ALPHA>OMEGA，BETA約占總人口的80%，ALPHA占10～15%，OMEGA則占5～10%。一般而言，最常見的性別組合是女性BETA，最稀有的性別組合則是男性OMEGA。

名詞解釋

ALPHA

由於體力、能力、智力等各方面皆優於平均水準，因此多半會擔任比較重要的職務，社會地位通常也高，可謂是菁英階級。無論男女都有陰莖，性興奮時會出現成結現象。生育能力極低，除非跟OMEGA結合，否則不容易留下後代。ALPHA之間也有等級之分，隨費洛蒙強度，可分為極劣、劣等、普通、優等、極優五種。等級較高的ALPHA，可以藉由釋放費洛蒙，對等級較低的ALPHA以及BETA、OMEGA進行壓制。每三個月隨著體內費洛蒙週期高低變化，有可能會出現一次易感期。

BETA

各項能力都十分平均的普通人。社會地位中等，也是整個人類社會數量最大的群體。

一樣男女皆有陰莖，但不會成結。自身費洛蒙水平極低，對ALPHA與OMEGA的費洛蒙味道也不敏感，不過當ALPHA散發出攻擊性費洛蒙時，依舊會被壓制。

易感期

ALPHA專有的特殊時期，時間約一至三天不等。其間會爆發大量的費洛蒙，個性也會變得比平常暴躁不安許多，對其他性別皆有影響。可以用藥物鎮定或抑制，想迅速舒服地度過易感期，最有效且無害的方式通常是來自OMEGA的撫慰。

應激反應

BETA因受到高濃度ALPHA費洛蒙影響而產生的壓力創傷反應。輕的話會產生類似過敏的症狀，重的話則會造成身體嚴重不適，視情況甚至需要就醫治療。

OMEGA

體力能力相對偏弱的族群，但生育、繁殖能力極強。因為OMEGA費洛蒙天生與ALPHA互相吸引，所以其實不少OMEGA都依靠著他們的ALPHA過日子。所有的人類性別裡，僅女性OMEGA沒有陰莖。每個月隨著體內費洛蒙週期高低變化，有可能會出現一次發情期。若於發情期進行性行為，受孕率則幾乎接近百分之百，也容易產下更優秀的後代。和ALPHA一樣，隨費洛蒙強度高低可分為五種等級。

發情期

OMEGA專有的特殊時期，體內費洛蒙濃度高到一定程度後會觸發，時間約三至七天不等。對ALPHA有極強的性吸引力，同時也需要ALPHA的安撫。可以用藥物干擾或抑制，但通常不建議。

費洛蒙

主要表現、作用於ALPHA與OMEGA的身上，會散發出獨特的氣味，每人體質不同味道也不同。費洛蒙越強，等級越高，對其他性別的性吸引力也會跟著提升。有AA相斥、AO相吸的特徵。

PH值

即費洛蒙數值，PH為Pheromones的簡稱。一般在PH值檢測儀中會以0～14的數字標示。每三個數字為一個區間。不管ALPHA或OMEGA，6～8都是屬於安全的綠燈範疇。若OMEGA的檢測數字小於5就稱為發情前期，小於2則幾乎確定進入發情期。而ALPHA數字若大於9便進入黃燈警戒範圍，高於12則屬於紅燈危險區，需儘量避免接近除了伴侶以外的其他人。

目次

第一章
風馬牛不相及

普天大學，男子BETA專屬宿舍門前的布告欄前方烏壓壓站了好幾個住宿生，其中大部分的人都雙眼冒心，死命盯著布告欄上頭貼著的校報看，像要把報紙看出個洞似的。

校報頭版上極大的篇幅全被姜仕祺的個人全身照所占據，旁邊還配上篇幅不少於一千字的專訪以及慶祝他入圍十大傑出青年獎的賀文。

照片中的姜仕祺膚白貌美、氣質和善，是ALPHA中少見的類型。男人落落大方地面對鏡頭，目光炯炯有神，彷彿能透過鏡頭直視觀看者，讓觀者不自覺地心跳加速，為他痴迷。

「姜學長好帥啊！本薑糖快融化了。嗚嗚，小鹿亂撞！」

染了頭粉毛，穿著名貴潮牌衣褲的BETA捧著自己的心臟，拚命抬頭試圖看清專訪上的每一個字。

他一邊讀一邊渾身冒著粉紅泡泡，整個人臣服於姜仕祺的個人魅力下無法自拔。

「你們這些姜仕祺的死忠粉有夠誇張。」

一旁同行的格子衫BETA推了推粗框眼鏡。

「成天對著人家發情也就算了，還自稱薑糖？聽說現在連薑絲都有了？要不要再來罐薑汁汽水呀？」

粉毛BETA一聽到「薑絲」這個詞，就像被踩到痛腳似的聲調突然拔尖，咬牙反駁。

「你懂個屁？那些自稱薑絲的是黑粉！他們是愛不到姜學長才因愛生恨的一群魯蛇，和我們這些姜學長的真愛粉怎麼能相提並論!?」

「是喔？你開心就好。」

格子衫不以為然地敷衍幾句，翻翻白眼望向別處。沒多久後他倏地一怔，接著猛用手肘推粉毛，急促道：「欸！欸！」

「幹嘛？」粉毛轉頭，突然愣住。

姜仕祺一身白淨棉麻七分袖貼身上衣搭配深色牛仔褲，身型頎長，背脊直挺，衣著簡單俐落卻又時尚值拉滿。兩條大長腿大步流星地走了過來，伴隨著一陣風，沒幾秒就站到了他們的眼前。

「同學，不好意思打擾了。請問你們可以幫我刷進嗎？我有點急事……」他向兩人提出請求，露出誠懇又歉然的神情。

異常的騷動很快就引起了其他人的注意，眾人跟著齊刷刷地轉頭，在姜仕祺那張盛世美顏爆擊下又齊刷刷地呈現忘我的暈眩狀態。

偶像近在跟前的景象太過夢幻，導致有人不自覺地扯扯臉頰想確定一切是真是假，也有人驚訝得張大嘴呆若木雞。結果一群迷弟迷妹就那樣傻站著，只能怔怔地看著心上人的一舉一動。

倒是粉毛在度過了最初的衝擊後，還稍稍撿回了一點反應能力。

儘管男子ＢＥＴＡ專屬宿舍不允許外人進入，可無奈姜仕祺那張臉太香了，腦殘薑糖完全無法招架，想都沒想立刻答應：「當然可以！」

神奇的是，非薑糖的格子衫竟然也沒阻止他。

時間是晚間九點四十分，兩人本來準備趕在十點門禁之前出去買宵夜，萬萬沒想到居然會接到姜仕祺的請託，竟又糊里糊塗地帶著姜仕祺回宿舍了。

「非常感謝你們。」姜仕祺道謝，無意間展現他異於普通ＡＬＰＨＡ的超強親和力。宛如任何人都可以和他說上一、兩句話那般，沒有性別、階級、地位之分，所有人在他面前都是平等的。

如沐春風。

粉毛與格子衫同時感受到姜仕祺的神奇魅力，腦海不約而同浮現這四個字。

「學長要去幾樓？」等電梯時，粉毛熱切地詢問，服務十分到位。

宿舍電梯同樣需要刷卡，他打算待會一併幫忙刷。

一樓是大門跟舍監、交誼廳所在地，二樓開始是學生的寢室，一般高年級生多半住在低樓層，低年級生則聚集在高樓層。

爬樓梯是不可能爬樓梯的，無論是高樓層或低樓層，就算只到二樓，自認是特級薑糖的粉毛都不願意讓學長那雙修長的腿受累。

「五樓，謝謝。」姜仕祺再次道謝。

「哎，別客氣。」粉毛突然猛男嬌羞。

「學長來找人嗎？」格子衫基於好奇，大膽提問。實在是姜仕祺的氣質太過和善，令人無法產生任何牴觸之心。

「嗯。我來找我的專屬學伴。」

姜仕祺好脾氣地回答他的問題。

「專屬學伴？專屬學伴！」
粉毛驚呼，簡直不敢相信自己的耳朵。
普天大學的首席男神高嶺之花居然有專屬學伴了？震驚！大新聞！
他驚訝到完全失去表情管理的能力，讓原本就已經一言難盡的五官更雪上加霜。
「你小聲點。」格子衫趕緊示意粉毛噤聲。「專屬學伴而已，大驚小怪什麼啊？」
「而已？而已!?」
「叫你小點聲聽不懂喔？想把舍監喊來讓他抓我們放ALPHA進來是不是？」
眼見粉毛又要喊起來，格子衫連忙拉著他跨入剛好開門的電梯裡，再順手刷卡按下五樓的樓層鍵。
幸好BETA宿舍的二十四人電梯夠大，要躲到角落講悄悄話還是有辦法的。
粉毛深吸幾口氣，試圖冷靜下來。他回頭偷覷身後隔了一小段距離、正緩步邁進電梯的高帥男，然後像要速戰速決般地低聲快速道。「蠢哪你！你該不會不曉得專屬學伴是什麼意思吧！」
突然被罵蠢的格子衫臉色有點不悅，可為了不讓ALPHA聽到兩人的談話內容，也只好配合著壓抑聲音。
「還能有什麼意思？學生手冊不都寫了，專屬學伴就是普天的一種特別制度，目的是為了讓學生拓展交友圈，多認識跟自己第二性別不同的人，彼此陪伴一起學習不是？」
「呵。」粉毛冷笑了聲。「那只是名目而已。最初或許是這樣沒錯，不過別忘了普天可是國內首屈一指的私大，學生不是像我一樣家裡有錢，就是像你一樣成績優秀，換言之適合找對象！而且你沒發現專屬學伴幾乎都是ＡＯ配？其他組合不是沒有但不多？如果只是『普通的陪伴一起學習』能這樣？所謂專屬學伴大概七、八成都有一腿，信我！」

格子衫嚥了嚥口水。「哪有那麼誇張……」

「絕對有。我好幾個偏Ｏ的ＢＥＴＡ朋友都想找ＡＬＰＨＡ當專屬學伴，他們是想找人一起讀書嗎？專業根本對不上！想找人止癢才是目的。可人家ＡＬＰＨＡ看不上有什麼辦法？有些環境比較一般的似乎也會去找家裡有背景的當專屬學伴，跟找靠山差不多的意思。不過老話一句，你想要也得人家肯呀。」

你口中的朋友是不是就是你自己？忍住如此問的衝動，格子衫說。

「可是隔壁寢那對專屬學伴不就是純哥們關係？他們倆我是真看不出一點曖昧情愫，家境也差不多……」

「那種的一百對裡面大概只有一對吧……」

「我有專屬學伴很奇怪嗎？」

粉毛話還沒說完，ＡＬＰＨＡ低沉悅耳的嗓音隨即在背後響起，嚇得粉毛一個哆嗦差點跳起來。

姜仕祺見粉毛如此反應，禁不住苦笑。

「不好意思嚇到你了？我看你們聊了好一會，本來不想打擾的，可是樓層快到，我又急著想找人，才跟了過來……」

「不、不奇怪……只是之前都沒有聽說過。所以從來沒想過學長會有專屬學伴，我、我只是太驚訝了。」

「之前確實沒有。沒遇到合眼緣的。」

現在有，就表示有一個BETA好巧不巧、合了姜仕祺的眼緣。

誰！是誰？

到底是哪個幸運兒！

不僅獲得姜仕祺的另眼相待，還不好好珍惜，居然讓姜仕祺找上門來，甚至沒有主動出門迎接！

可惡！太可惡了！

羨慕嫉妒恨！

電梯抵達五樓，姜仕祺與兩位BETA道別，粉毛與格子衫雙雙目送他離開，直到電梯門關上都沒能收回視線。

由於沒有其他人使用，因此電梯門一關，電梯便停止運轉。

格子衫最快反應過來，按下他們住的樓層，對仍處於失魂落魄狀態，跟失戀沒兩樣的粉毛說：「他好帥。」

有淪陷的跡象。

「超帥。學長居然有專屬學伴，你覺得我有機會嗎？」粉毛問。

「話說，宵夜怎麼辦？快到門禁時間，現在也不可能再出去了。」格子衫直接無視他的問題。

「吃泡麵囉。」

愛情與宵夜兩空的失落感，讓電梯內的兩人一時間陷入了愁雲慘霧的氛圍。另一方面，找人的姜仕祺已經敲響了目標寢室的門。

叩、叩。簡單清脆的兩聲。

BETA宿舍的門板隔音不知為何特別好，儘管ALPHA的五感比常人敏銳，卻依舊聽不見裡頭的動靜。

急切想見到心上人的姜仕祺，於心中默念十秒後，準備再次敲門。

手抬起沒多久還沒來得及落下，門便應聲而開，可惜門後的人並非他想見的那位。

應門的男孩一看到姜仕祺便倒抽口氣，大退好幾步，像不敢相信自己眼睛似的揉了揉眼，甚至不顧禮節，忘情地直接喊出對方的名字：「姜仕祺……學長！」

最後頑強地加上學長的敬稱。

他這一聲立刻引來了其他室友的注目。

那是一間上床鋪下書桌的四人房，寢室一共四人，而姜仕祺一口氣便收穫了三人份的注目。他順勢打量寢室內的所有人，開門的學弟長著一張可愛的娃娃臉，三號床位的學弟渾身散發著理工男氣質，二號床位的學弟身材豐腴圓潤，一臉宅男樣，抱著一包洋芋片喀嗤喀嗤地吃著。

唯獨沒有他要找的那一位。

「你們好。抱歉，打擾了。」

姜仕祺友善地打招呼，他的目光越過娃娃臉、越過理工男，鎖定他的目標，沒有遮掩地直說。

「我找葉志恆。不過他好像在忙。」

葉志恆坐在書桌前，桌面上是諸多文件跟一台筆記型電腦，手機立著顯示通話中，手邊還有一本隨手記錄用的筆記本。他低頭閱讀資料，露出白淨的頸部，寬鬆的深藍色上衣襯得身材特別纖細。

男孩氣質溫潤，眼角有顆淚痣，過於專注的認真神情，為他添加幾分嚴肅的冷意。

他戴著耳塞型的無線耳機與人交談，是全寢唯一沒把目光放在姜仕祺身上的人，渾然不覺寢室內風雨欲來的氣氛，只時而看向電腦，時而對照手上的資料，偶爾書寫幾筆，動作俐落，語速卻和緩。

「……你那段說明寫得太艱澀了，要全部讀完才能抓到重點。對普通人來說，需要花太多時間在閱讀文字跟理解內容上，我們應該盡量簡化文字……沒關係，這個我來做，晚點整理完再傳給你。」

「葉子！葉子！」坐在他同一側的室友忍不住拍桌提醒：「外找！」

葉志恆不得不中斷對話，抬起頭來，順著室友的指示看向門口，沒多久就和身高一米八幾、存在感十足的姜仕祺對上視線。

ALPHA保持一貫的友善態度，舉起左手輕揮兩下。

葉志恆見狀，倏地將目光移到門口右上方的白色掛鐘，時針指向九點五十七分，距離十點門禁只剩三分鐘。

他站起身，連忙對通話中的夥伴說：「我有急事，先掛了，晚點繼續。」語畢，他甚至來不及按掛斷，只將耳機丟在桌上便往門口走去。

室友見他神色緊急，識相地讓路，方便他倆對話。

「葉志恆。」姜仕祺見他走向自己，情緒顯而易見地愉快了不少，微笑加深，眼神明亮有光，語氣裡滿滿充斥著藏不住的喜悅。

葉志恆迎著他的視線，被他笑得迷了眼，差點忘了原本擔心的事。只剩下滿肚子疑問，對方怎麼突然來宿舍？如何進來的？易感期結束了嗎？

這一連串的疑惑暫且不提，現在最重要的是確認姜仕祺的ＰＨ值。

不論姜仕祺表現得有多正常、對人有多友善，他都是一名正處於易感期前期、隨時可能爆發的ＡＬＰＨＡ。

這個時間點才進來，離門禁時間太近，走是來不及走了，只能留下來過夜。

「你先進來。」

葉志恆扯著姜仕祺的衣袖，帶進寢室，關上門，用眼神示意其他三位室友：勿視、勿言、勿聽、勿動。

接收到警告的三位室友，儘管好奇心炸裂，也只能摸摸鼻子忍耐，不去看、不說話、不敢聽、不做任何的行動。

葉志恆整治完室友，接著安頓姜仕祺，將人安排在自己的位置坐下。

「這裡好窄。椅子好硬。」

姜仕祺委屈。

「測個ＰＨ值。」

葉志恆從抽屜角落找出儀器，檢驗姜仕祺頸肩附近的空氣。

幾秒鐘過後，顯示螢幕上的黃燈亮起，表示ＰＨ值超過安全範圍，但不到危險的地步。

嗯——微妙。

空間很窄，椅子好硬，亮堂堂的白燈光沒有溫度，人口太多沒有隱私，二氧化碳濃度高，冷氣不夠涼。

姜大少爺數落個沒完沒了，似乎打算將五〇八寢室從頭到尾抱怨一遍。

葉志恆很清楚姜仕祺的言下之意是什麼。明面上在嫌棄宿舍不好，實際上是埋怨自己怎麼不回他家。

他聽出對方的言下之意，也有幾句話想說。

「你說要待在家裡自行消化易感期，讓我暫時別過去。」

男孩壓低音量，為自己辯駁。

「我後悔了。我收回留言，還打電話給你，可你一直在通話中。」

姜仕祺想到這點，情緒頓時變得低落，神情幽怨。

「你到底在跟誰通話？為什麼需要講這麼久？」

葉志恆自知理虧，只能無奈地嘆口氣。

他的電話之所以會從八點開始一直處於通話狀態，起初是為了一個該死的、完全不重要的、僅有兩學分的、通識課程的小組報告，接著再無縫接軌地討論學生會的宣導標語跟新網頁架設問題。

若不是姜仕祺找上門來，通話恐怕還會持續很長一段時間。

悲從中來，葉志恆在心裡默默流淚，開口卻是甜言蜜語，刻意哄著因易感期導致情緒特別外顯的ＡＬＰＨＡ。

他俯身對著座位上的姜仕祺輕聲說，「都是些無關緊要的人，你才是最重要的。」

怕被室友聽見，男孩說話時刻意貼近姜仕祺耳朵。

語畢，他立刻拉開距離，神色自若，收拾耳機跟檢測儀器。

剛好躲過姜仕祺轉頭，意圖蹭親吻的動作。

不，不可以色色。

葉志恆面色如常，整理桌面時，還趁機悄然往室友聚集的方向掃過一眼。只見他們狀似各自做著自己的事，不過卻無人戴起耳機，一個個豎起耳朵的樣子簡直不要太明顯。

擺明了想偷聽嘛！

沒親到人，姜仕祺沉著臉低語。

「說謊。要是你心裡真有我，怎麼會讓我找那麼久，還連個親吻都沒有？」

他牽起葉志恆的手，沒使多大力氣，卻讓人不敢甩掉他。

「過分。」

姜仕祺垂眼打量葉志恆白淨的手指，以拇指緩慢摩挲他的手背

葉志恆渾身汗毛直豎，不由自主地發起抖來。這是BETA面對強勢費洛蒙時會有的生理反應。

BETA對費洛蒙不敏感，可過於強烈的費洛蒙除外。舉凡起雞皮疙瘩、頭疼、壓迫感、呼吸困難等症狀都有可能發生，嚴重的話甚至得去醫院進行緊急處置才行。

姜仕祺作為極優ALPHA，光洩漏出一絲攻擊性費洛蒙，就能引發BETA或劣等ALPHA的應激反應。

「學長，控制你自己。」

葉志恆試圖查看其他人的狀況，果不其然沒多久便察覺到異常。

室友們各個臉色蒼白、頭壓得極低，有的身體不住地顫抖，有的牙齒上下打架，敲出喀喀聲響。

「我控制不了，都是易感期的錯。」

姜仕祺無辜。與霸道的費洛蒙截然不同，以ALPHA而言，他自認個性算得上溫良恭儉讓，但他的費洛蒙依然是活生生的凶器。

身體自作主張散發費洛蒙勾引葉志恆，試圖獲得他的青睞，偏偏對方是聞不到費洛蒙的BETA。

討厭。

姜仕祺低下頭，似乎打算親吻葉志恆的手，他的唇幾乎要碰觸到他的肌膚，卻硬生生停了下來。即便鬱悶、即便易感期作祟，他仍想方設法堅持住自己的原則，向眼前人提出請求。

「我可以吻你嗎？」

無論是什麼情況，永遠要尊重伴侶的意願。

他的請求在安靜的寢室裡響起，所有人都聽見了，可他們寧願自己聽不見。

姜仕祺的呼吸散落在葉志恆的手背上，熱氣一陣陣地掃過。儘管沒有實際碰觸到，感覺卻像已經被吻了似的。

「我室友都在，你收斂點。」葉志恆提醒他。

這是……不能親的意思？被拒絕了嗎？

煩悶疊加失望。姜仕祺深深嘆口氣，親不成了。

但他捨不得鬆手，只能一臉沮喪地低頭，可憐兮兮地讓手指穿過ＢＥＴＡ的指縫，與男孩十指交扣。

葉志恆的手臂立起整整齊齊的雞皮疙瘩，對ＡＬＰＨＡ費洛蒙的應激反應，讓他的手指微微顫抖著。

明知自己該勸易感期的ＡＬＰＨＡ放手、並且即刻遠離才能自保，但他實在狠不下心來推開對方。

沉默片刻後，他反握住姜仕祺的手，鬆口。

「我沒拒絕。」

雖然拐了個彎，不過簡而言之就是可以親的意思。

姜仕祺怔愣了半秒，才理解自己獲得准許。

他喜出望外，輕笑時呵出一口熱氣，落在葉志恆的手背上，緊接著是極力克制的親吻。

唇瓣渴求似地碰觸手背薄薄的肌膚，溫柔的移動。靠近手指時，甚至能聞到BETA指尖上殘留的、再生紙與鉛筆的味道。

從彼此相牽的掌心中，姜仕祺能感受到葉志恆如小動物般的顫慄，以及因緊張而泛出的汗水。

可愛。好喜歡。

為什麼聞不到對方的費洛蒙？

姜仕祺愈發不滿足。

親吻悄悄升級，他脣瓣微啟，舔吻突出的藍色血管，鼻尖來回磨蹭。

沒有。沒有。沒有。

BETA的費洛蒙儘管極淡，卻也不是零。怎會連一點都沒散發出來？

當輕吻成了舔舐，葉志恆暗暗倒抽口氣，被吻得頭皮發麻，一股熱意往腹部猛竄，被他勾起不合時宜的——性慾。

始作俑者還在努力尋找他的費洛蒙，嗅聞他的每一根手指，甚至舔上他的指尖。

柔軟的舌頭擦過敏感的指尖，害他差點發出聲音。

「夠了。停下來。」

葉志恆於行為再次升級前制止對方。

他手握成拳，擺出了防禦姿勢。

姜仕祺低著頭，盯著男孩拳頭上突出的關節，克制自己的情緒。

他閉上眼忍了忍，才抬頭望向ＢＥＴＡ。

葉志恆回應他的目光，沒有半點躲藏或是害怕。眼底有對ＡＬＰＨＡ的擔心，以及一絲困擾與尷尬，白皙的肌膚微微泛著紅。

見狀，姜仕祺情緒驟然穩定。心愛的ＢＥＴＡ對自己似乎也不是完全沒感覺，光這點就讓他安心了不少。

「再測一次ＰＨ值。」

葉志恆重新拿出儀器，從啟動儀器到檢測完畢，全程頂著ＡＬＰＨＡ灼熱的目光，儘管表面維持鎮定，實際上卻緊張得要命。

顯示螢幕依舊亮著黃燈，不過數值偏高，非常接近紅燈的數字。

嗯，真的微妙。

他望向眼前的ＡＬＰＨＡ，對方滿臉期待。

姜仕祺不停地往葉志恆身上湊，一副對檢測數值很感興趣的樣子，其實只是想找機會親近喜歡的人而已。

「如何？」

明明已經看到數值，姜仕祺卻刻意提問。

「岌岌可危的黃燈。」
葉志恆將整個儀器遞給他，雙手搭上他的肩膀，慎重地說。
「我需要你幫我一個忙。」
「你講。」
姜仕祺乖巧收下儀器，同樣認真應對。
「門禁時間到了，顯然你今天得在這裡過夜。我現在要去浴室洗澡，不，你當然不能一起。」
姜仕祺聽到「洗澡」兩字後，臉上的喜色明顯得大概只有瞎子看不見。識破他的不良意圖，葉志恆直接了當地拒絕。
他無情回絕後，接著說。
「你先到我床上睡，在我出來之前，你得盡可能地睡著。」
姜仕祺為難。
「這聽起來有點難度，畢竟我最近很容易失眠。」
「你失眠多久了？」
「從易感期快要開始到現在……」ＡＬＰＨＡ不好意思地回答。
葉志恆算算時間，他是三天前收到姜仕祺易感期即將開始訊息的，代表這個ＡＬＰＨＡ已經三天沒有好好睡過一覺了。
他捧起姜仕祺的臉，一邊仔細打量那張對ＡＬＰＨＡ來說過於美麗的臉蛋，一邊感慨

ＡＬＰＨＡ的體質實在優秀，三天不睡還能不顯疲態。究竟是所有ＡＬＰＨＡ都這麼能熬，還是這人天賦異稟、天生麗質？

姜仕祺任由他捧臉打量，同時也在觀察對方。

葉志恆五官端正，面目清秀，專注時眼神有些銳利。冷色系的白皮膚、眼下淺淺的灰影，三天不見，他竟有了黑眼圈。

「你看起來好累，沒有我，你也沒能好好睡。」

姜仕祺嘆息。早知道就別自己硬撐著，妄想獨自熬過易感期，搞得彼此又累又憔悴，睡也睡不好。

說什麼呢！葉志恆瞪大眼，臉色倏地泛紅，用力揉著姜仕祺那張好看到令人嫉妒的臉，摧殘出滑稽的模樣。

「嗚嗚嗚……」

姜仕祺皺眉，兩頰受擠迫，嘴被迫嘟起，只能口齒不清地認錯。

「窩錯惹，對噗起。」

葉志恆聞言才放過他，哼了一聲。

姜仕祺雙頰紅撲撲，眼中水汪汪，和剛才相比，反而更加明艷不可方物。

不能再看下去。再看下去可能不只拳頭，連某個尷尬的部位都要硬了。

「我，洗澡；你，睡覺。」

語畢，葉志恆也不管對方同不同意，以迅雷不及掩耳的速度快速閃人，讓ＡＬＰＨＡ抓不住他。

寢室門旁一側是四人的衣櫃兼更衣間，另一側則是浴室，他草草抓了換洗衣物，進浴室前，還飛快地瞄了一眼姜仕祺。

姜仕祺仍坐在位置上，只是面向他，雙手擱在膝蓋上，露出無害的友善微笑。

如果忽略ＡＬＰＨＡ殺傷力爆棚的費洛蒙不計，男人看上去倒是十足地漂亮且乖巧。

葉志恆惡狠狠地用手指指對方，再指床，接著雙指指向自己的眼睛，示意：你、上床、我會看著你。

做完一連串手勢，他才轉身邁進浴室。

浴室門一關上，五〇八寢室就成了完完全全的戰慄空間，看似漂亮乖巧的ＡＬＰＨＡ難以克制不滿的情緒，散發出強勢霸道的費洛蒙。

木質氣息侵占了整個空間，各個角落都充斥著姜仕祺獨有的肖楠木香。

沉穩厚重，像是一塊巨石壓在上頭似的。

無辜可憐的、被當成背景板的三位ＢＥＴＡ室友，明明是聞不到費洛蒙的鈍感體質，卻依舊深受影響，宛如被如來佛五指山壓制著，承受他們本不該承受的苦難。煎熬地度過每一分每一秒，不敢說話、不敢看向對方、不敢有任何的動作。

三人只能無聲祈禱葉志恆趕緊洗完澡，快點出來救救孩子們。

姜仕祺則對那三個ＢＥＴＡ的處境無動於衷。畢竟除了葉志恆以外，別人都不足以讓他上心。

儘管情緒並不穩定，暴躁難以抑制，不過由於他太想討好葉志恆了，因此還是聽話地爬上兩床中間的實木梯，躺在屬於葉志恆的床上。

床鋪很亂，棉被隨意地攤著。枕頭旁有充電器、一包衛生紙、一台夾在床框上的無線檯燈，一本基本小六法。

拿小六法當睡前讀物，確實相當有葉志恆的風格。

躺下前姜仕祺以為自己肯定睡不著，畢竟床這麼亂，雜物這麼多，床墊那麼硬，枕頭也不舒適。

但到真躺下去後，熟悉的感覺瞬間襲來。那是葉志恆慣用的洗浴用品與一絲淡淡的、他特別喜歡的、只在葉志恆身上聞過的清淺味道所混合成的香味。

暴躁的情緒就這樣莫名得到撫慰，心緒鎮定安寧，一下子就睡著了。

第二章

安得廣廈千萬間

喀。

葉志恆推開浴室門，發出輕微的聲響，雖然不大聲，但在極度安靜的環境下卻顯得特別刺耳。

門甫開，三名BETA壯漢躡手躡腳、戰戰兢兢又小心翼翼，扶著浴室門，在盡可能不發出聲音的情況下擠進廁所。

為首的娃娃臉推著全身散發出肥皂清香的葉志恆回到熱騰騰的浴室，一間標準大小的浴室裡容納了四名發育完全的男性BETA，一人站一塊大片磁磚，呼吸間都是彼此的二氧化碳。

嗯。

「寢室會議。」

娃娃臉面有菜色，壓低聲音，宣布他們要在這個擁擠空間裡，臨時進行重要講話。

阿宅與理工男雙雙扶著手臂，神情嚴肅陰沉，像是門神般瞪著葉志恆。

氣勢洶洶的模樣，如果他們沒有手指顫抖、皮膚上爬滿雞皮疙搭、牙齒打顫，會更有威懾力。

「你們還好嗎？」

葉志恆尷尬地問。

「你覺得我們好嗎？」

娃娃臉翻了個白眼。

哈。葉志恆不厚道地無聲笑了。
「你說話小聲點。」
阿宅出聲提醒。
「我們為什麼要壓低聲音說話？」
葉志恆配合地小聲說話。
「學長睡著了，別吵醒他。」
理工男解釋。
葉志恆意外，他以為接近易感期的ＡＬＰＨＡ會很難入眠。
「問題：你和學長是怎麼一回事？他易感期快到幹嘛來找你？你們在交往嗎？」
娃娃臉接連發問，一環扣一環，每一個問題都很重要。
阿宅與理工男頻頻點頭，同樣好奇。
「他是我的專屬學伴。我們沒有交往。」
葉志恆跳過不好回答的易感期問題。
僅回答兩個問題，也足夠爆炸。
「專屬學伴？他是你專屬學伴！」
「姜仕祺學長有專屬學伴？」
「為什麼是你！」
室友們一時間忘記控制音量，此起彼落的詢問聲在浴室響起，回音震天價響。

疑問中混合了震驚、不敢置信、羨慕嫉妒的情緒。

娃娃臉最先回過神，趕緊提醒各位：「噓！小聲點！」

眾人恢復輕聲細語的聲音。

「我以為你們只是感情比較好的學長學弟而已！」

「姜學長從來不找專屬學伴，已經是傳說的等級了！」

「到底為什麼是你？」

理工男特別忿忿不平，葉志恆見狀不禁多打量了他幾眼。平常也沒看這人對什麼事有那麼大的反應，該不會是塊隱藏版蔓糖吧？

「因為這樣那樣，自然而然，就成為專屬學伴了。」

葉志恆含糊帶過，沒打算詳細解釋。只提醒道，「各位，我還有很多事要處理，會議的進程得加速了。」

咳咳。娃娃臉輕咳兩聲，擔當起司儀，繼續討論正題。

「好。現在還有一個很嚴重的問題需要解決。」

「是。」葉志恆洗耳恭聽。

「學長今晚睡我們寢室嗎？」娃娃臉提問。

其他室友面色鐵青，雖然聞不到ＡＬＰＨＡ的費洛蒙，卻有驚悚戰慄的生理反應，對心臟太不好了。

「他還沒睡？」

葉志恆意外，解釋道。「他睡著的話，情況會好一點。」

ＡＬＰＨＡ熟睡時的費洛蒙散發程度大約只會有醒著時的一半，幸運的話，甚至會低到讓ＢＥＴＡ完全感受不到的等級。

「睡是睡了……」

「可是情況沒有好一點！」

「我都想跳樓了！」

三位室友對他的說法不買單，那股強悍的費洛蒙對ＢＥＴＡ而言根本是凶器，多呼吸一秒都是煎熬。

「這樣啊……。」

葉志恆沒料到室友被逼到想跳樓了，可能他已經習慣ＡＬＰＨＡ散發費洛蒙所帶來的壓迫感，所以不覺得有多嚴重。

「不然我叫醒他，讓他回家去。要跳樓也應該是他去跳。」

「不行！」

「這怎麼可以！」

「我也不是真的想跳樓……」

葉志恆的目光輪流掃視三位室友臉上那參雜著驚恐、擔憂、惶恐的神情。

「不用擔心他清醒後秋後算賬，他不是那種ＡＬＰＨＡ。」

至少人品方面，姜仕祺應該還是值得信任的。

「不是，這怎麼好意思。他來都來了。」

「其實也不是這麼不能忍受。」

「跟學長同寢室睡一晚，多讚的吹噓資本，以後我都橫著走。」

三位室友尷尬地圓場。

「結論是不趕他走了？贊同的點頭。」

葉志恆環顧三人，逐一確認都點了頭，最終總結：「討論結束。」

得到室友們的同意後，五〇八室的寢室會議結束，眾人陸續步出浴室。

浴室門一開，流出一股冷意，伴隨姜仕祺霸道的費洛蒙，讓BETA們一邊走動一邊瑟瑟發抖，爬上各自的床鋪，抓起棉被恨不得把自己包成一個繭。

見狀，葉志恆良心隱隱作痛，他從抽屜取出四人份的口罩，給室友送溫暖。

「戴緊口罩，少吸一口是一口。」

送完口罩，葉志恆自己也戴上一只。

那天負責晚點名的人光是站在五〇八室的門外，就聞到一股不祥的氣息。BETA的危機雷達嗡嗡作響，頭痛欲裂，本能地選擇避開，偷偷為五〇八室勾選全到，自動跳過這一間。

晚間十一點，葉志恆處理完報告，熄燈後開起小夜燈，終於爬上床，與亂源相會。

聲稱自己睡不好的亂源姜仕祺，躺在他的床鋪上睡得又香又甜。床被仍維持他早上離開時的凌亂模樣，恐怕這人上床後，沒過多久就睡著了，連被子都沒蓋。

葉志恆停在床梯上，憑藉著小夜燈昏黃朦朧的光亮，無聲地打量眼前容貌過於精緻的ALPHA。

他長得好看，柔軟的淺色頭髮、飽滿的額頭、立體的五官，讓人怎麼看都看不膩。燈光落在纖長濃密的睫毛邊，臉上細細的絨毛，伴隨著淺淺的呼吸聲，靜謐安詳的香甜睡臉，像個天使一般。

可惜了，這位天使正無意識地散發出惡魔般的凶悍費洛蒙。

葉志恆忍著生理反應，站在實木梯上，拿出儀器，湊向天使的頸肩位置檢測PH值，發出嗶的一聲。

姜仕祺猛地睜開眼睛，眼神銳利，目光筆直地與床邊的葉志恆對上。

一般BETA見到這場面早嚇壞了，誰敢招惹臨近易感期的ALPHA。

唯有葉志恆還敢往他面前湊，俯身對著ALPHA的臉頰親一口，輕聲哄道，「沒事，我測個PH值。」

睡糊塗的姜仕祺維持盯人的目光，只是眼神柔和許多，大概沒聽進他說的話。

葉志恆看一眼顯示螢幕的結果，數值偏低的黃燈，這種程度應該睡一覺就能恢復正常值。他關閉儀器，放到枕頭旁，繼續往上爬，邊爬邊說，「睡吧。我也要睡了。」

姜仕祺張開手，準備抱人，卻被葉志恆壓下手臂。在他眉頭逐漸靠攏，準備發作之際，一張薄被蓋到他身上。

單人被直放無法完全覆蓋顯瘦但結實的ALPHA身體，會露出一小截腿部。而橫放就是放棄肩膀與部分的下半身，不過兩個人都蓋得到被子。

不患寡而患不均。葉志恆為了兩人能公平獲得床被的庇護，竟然苦惱起來。

姜仕祺坐起身，披著薄被，伸手摟著BETA的腰，將人擁入懷中，重新倒回床鋪。他覆蓋葉志恆、被子覆蓋他，問題解決了。

葉志恆一陣天旋地轉，人已經窩在ALPHA懷裡躺在床上，臨近易感期的ALPHA體溫很高，吐出來的呼吸都是熱氣。

過近的距離、濃郁的費洛蒙都讓他頭皮發麻、全身緊張、心跳加速，各種無法控制的應激反應。

心跳聲像是打鼓般劇烈震動著，吵得他心神不寧。

「嗯？」

似乎聽見他鼓譟不安的心跳，ALPHA發出疑惑的單音，擁抱的雙手像哄嬰孩上下摩挲，撫慰著對方。

這些舉動全是他睡得迷迷糊糊、意識不清不楚，下意識做出的應對。

姜仕祺這個人溫柔到讓人心臟疼痛的地步。

葉志恆將頭埋進ALPHA的懷裡，明知道對方就是讓他生理、心理不安定的源頭，卻依然會被吸引，飛蛾撲火般想和他待在一起。

他暫時不願意面對自己對姜仕祺的感覺，ＢＥＴＡ最好不要對ＡＬＰＨＡ有太多想法，做個鴕鳥逃避現實，不管為什麼自己會想跟對方待在一起。

「晚安。」

他悶聲道完晚安，閉上眼睛，試圖讓自己進入夢鄉。

啊啊啊，好煩啊！

別吵了心臟。他怒其不爭，摀著胸前，遮掩咚咚響的心跳聲。

怪ＡＬＰＨＡ濃郁的費洛蒙作祟，怪姜仕祺一下又一下溫柔撫慰他後背的手，葉志恆把情緒推得一乾二淨。

強迫自己放空高速運轉好幾天的腦袋，不要再思考作業、報告、學生會的活動、或是姜仕祺的事情。

他窩在姜仕祺溫暖的懷抱，聞著他的費洛蒙，即使聞不出個所以然，身體卻有應激反應。他今天處理太多事情，早累壞了，像是切斷電源般昏睡過去。

凌晨三點十分，葉志恆從睡夢中被熱醒。

流了一身汗，心跳特別快，身體發出危險的警訊。

他睜開眼，眼前是一片黑暗，即便是對費洛蒙不敏感的他，都能聞到屬於姜仕祺特有的肖楠木香。

他意識到自己還在姜仕祺懷裡，鼻息間是他的氣息，耳朵能聽見淺淺的喘息。

摸黑瞎探，找到對方暴露的肌膚，感受到發燙的體溫。

姜仕祺的狀態不太對勁。

根據他對費洛蒙的應激反應，不需要儀器檢測ＰＨ值，也能知道濃度超標。

易感期、高濃度費洛蒙，全是危險的訊號。

尚未完全反應過來，探溫度的手已經被對方抓住。

姜仕祺拉起葉志恆的手，貼到自己的臉上，仔細嗅聞他的味道，發出細微的吸聞聲響。

儘管如此，也只能聞到ＢＥＴＡ微乎其微的費洛蒙，這讓ＡＬＰＨＡ極度不滿足，煩躁與焦慮正在升級。

他將葉志恆的大拇指含入口中，舌尖滑過指腹，沿著指甲蓋勾勒手指的形狀。

比起先前的舔手指，這次更是帶著情慾地舔弄，甚至模仿口交時吸吮的動作，時而發出粗淺的喘息，時而發出嘖嘖濕潤的水聲。

葉志恆倒抽口氣，拇指被舔的時候，心臟像被羽毛搔過，癢到腳趾不由自主地捲起來，一股熱流往腹部直竄。

太色情了。

只是被舔拇指，他下身就起反應了。

不僅如此，ＡＬＰＨＡ過於濃烈的費洛蒙也在刺激他，像中毒般身體亢奮起來，進入那樣的狀態。

「阿恆……幫幫我。」

姜仕祺用呢喃的語氣向他請求，目光灼灼，直盯著他，等待他的准許。散發強悍費洛蒙的極優ＡＬＰＨＡ，竟然開口請求ＢＥＴＡ的幫助。

葉志恆作為男性ＢＥＴＡ，很難克制自己不受優越感影響。

他應該狠心拒絕ＡＬＰＨＡ的請求，打斷此時此刻過度曖昧的狀態。

「拜託——」

姜仕祺輕聲懇求，舔著他的虎口。

葉志恆趁機掐住他滑嫩的舌頭，制止他繼續煽情地舔弄。

他做了幾個深呼吸，默默吐著大氣，不停在心底說服自己：別理他、別理他、別理他。

掐住姜仕祺的舌頭，並不能阻止他惹事的念頭，他動動另一隻手的指頭，以修長的手指指背輕輕蹭著對方起反應的那處，隔著睡褲緩慢地磨著。

比直接碰觸更折磨人。

葉志恆原本就已經起反應的部位，被ＡＬＰＨＡ撩撥後越發敏感，身體克制不住地微微顫抖，手也使不上力氣。

手一鬆，反而給了ＡＬＰＨＡ可趁之機，趁勢又舔了起來，從手掌舔到他的掌心，然後是手腕的位置。

葉志恆暗暗倒抽口氣，瞇起眼，瞪著刻意惹事生非的傢伙，想警告對方停手。對方卻回以晶亮有神的目光，眼中滿是期待。

「我室友都在。」

葉志恆低啞提醒，要他注意場合。

語畢，他跟著緊張起來，深怕他們的動靜早已吵醒其他人。

他想起身，看看其他人的狀況，卻被ALPHA攔住肩膀，將他壓回床上。

「我知道，他們都在。」

姜仕祺坐起身，代替他看向其他床鋪的位置。

葉志恆的室友躲在棉被裡頭，像縮在殼裡的蝸牛，因過度濃郁的ALPHA費洛蒙而嚇得瑟瑟顫抖。

他快速掃視，一個個確認後，向憂心忡忡的BETA回報。

「他們不敢。」

不敢亂看、不敢聽聞、不敢動彈。

葉志恆有很多想吐槽的話，但礙於對方目前正值易感期，不是平時能溝通的狀態。他懶得辯駁，不想白費口舌。

他躺倒在床上，閉上眼睛，採取消極態度，眼不見為淨。

「阿恆——」

姜仕祺俯身貼著他，呼喚他的名字。

他們的胸膛抵在一起，急促的心跳聲互相傳遞。

葉志恆暗暗磨牙，堅持不理會的戰術。

「好熱、好難受。」

姜仕祺對著他耳朵說話，放鬆的聲帶，發出勾人魂魄的嗓音。

他聞著葉志恆的耳朵附近的味道，只能聞到薄弱的費洛蒙。他急切又惱火，含住他的耳朵，帶了一點力氣輕啃著。

他明明已經使出所有的本領向對方求歡，為什麼對方的費洛蒙還是這麼淺薄？總覺得自己的愛慾沒能得到對方的好好回應。

他不自覺地加重啃咬的力道。

葉志恆耳朵傳來疼痛，著實無奈，猛地睜開眼，在他的耳朵被咬掉之前，氣急敗壞地制止。

「別咬耳朵！」

他摀著可憐的耳朵，幸好只是沾上一些口水，沒有留下一、兩顆牙的齒痕。

「我聞不到你的味道。你心裡沒有我。」

姜仕祺憤懣，像狗般用力嗅聞他的頸肩。

整個寢室被ＡＬＰＨＡ的費洛蒙淹沒，怎麼可能還聞得到ＢＥＴＡ微乎其微的味道！葉志恆拳頭很硬，但又清楚自己不需要跟易感期的ＡＬＰＨＡ置氣。

「阿恆……」

姜仕祺可憐兮兮，全身力氣壓倒在他身上，頭靠著他的肩膀，時不時吸聞一口，然後吐出失望的嘆息。

葉志恆被壓得喘不過氣，移動身體，試圖坐起身，但他下身某部位非常不妙，移動時貼著對方的腿部來回磨蹭。

他偷偷抽了口氣，想壓制某處的亢奮，偏偏空氣中全是ＡＬＰＨＡ的費洛蒙，嚴重影響他的身心。

該死的姜仕祺還舔吻他的喉結，讓他的身體完全進入興奮的狀態。

他不想抵抗了。

「如果你安靜點的話。」

葉志恆歪頭，輕易卡住姜仕祺的腦袋，提出他的條件。

姜仕祺沒克制住，哈的一聲，笑了出來，但他很快意識到自己發出不安靜的聲音，立刻調整音量，小小聲地回應。

「我會非常安靜。」

「你必須輕輕的、溫柔點。」ＢＥＴＡ追加一個條件。

「我對你一直都很溫柔。」

姜仕祺委屈，天地良心，他對ＢＥＴＡ從來不曾有過任何野蠻的行為。

葉志恆用腳刻意靠向姜仕祺下身，隔著牛仔褲，能感受到ＡＬＰＨＡ壯碩硬挺的性器。這還什麼都沒做，就已經脹成這樣，他不禁憂慮。

「我怕你易感期，控制不住自己。」

「啊——」

姜仕祺發出困擾的長吟，易感期著實令人心煩，他沒有百分之百不失控的自信。

「嗯？」

葉志恆懷抱渺小期待，難道說ＡＬＰＨＡ會因此而罷手。糾結半會，姜仕祺只能空口無憑向他保證。

「我盡力小心。」

姜仕祺軟軟的頭髮在葉志恆鼻尖騷動，癢得他發笑，無聲親吻他的頭髮。知道罷手是不可能罷手了，他跟著妥協。

「你最好說到做到。」

葉志恆妥協後，毫不扭捏，主動伸手探入ＡＬＰＨＡ的衣內，撫著後背，感受他的體溫，比預想得還要燙。

國中時期的健康教育介紹性別時，因為部分團體的反對，淡化了ＡＬＰＨＡ的易感期與ＯＭＥＧＡ的發情期，僅粗淺描述特殊時期的ＡＬＰＨＡ與ＯＭＥＧＡ身心靈特別敏感、格外需要彼此陪伴。

某部分特殊情況時的ＡＬＰＨＡ，可能會有暴力傾向；而部分ＯＭＥＧＡ則有可能會誘使ＢＥＴＡ犯下性侵害的罪行。ＢＥＴＡ遇到這類特殊狀況，最好立刻通報，並且盡量遠離他們，以免遭受波及。

課本內容把ＡＬＰＨＡ跟ＯＭＥＧＡ配對、ＢＥＴＡ跟ＢＥＴＡ配對，卻沒有其他更多元的組合。以至於他其實不知道該怎麼做，才能幫助姜仕祺度過易感期。

他摟著姜仕祺的腰，然後他就不會了。

易感期的ＡＬＰＨＡ知道該做些什麼，順應本能，他坐直身，把自己的衣服脫了，甩到靠牆的一側，然後解開褲頭，準備脫掉礙事的牛仔褲。

「等等、我室友都在！」

葉志恆怕他在寢室全裸，趕緊制止他全裸的念頭，伸手碰觸到姜仕祺的腹部，精實的肌肉手感太好，讓他不自覺地多摸幾下。

「穿著衣服做？」

姜仕祺腦袋昏沉，易感期導致他的情緒十分外顯，微皺眉頭，似乎不認同不脫衣服的作法。

葉志恆以行動表示，扯著薄被，蓋在姜仕祺的肩膀。

不僅不能脫光，還要披著薄被作為掩護。

一個掩耳盜鈴的概念。

「熱。」

姜仕祺赤裸的肩膀披著薄被，發燙的體溫讓他白皙的肌膚染上漂亮的粉紅色，可惜燈光昏黃，看不出他粉嫩的模樣。

「忍著。我不想讓室友看到你裸體亂來。」

葉志恆無情堅持，他既不想姜仕祺的裸體被室友看見，也不想讓室友親眼目睹他們在亂來。

知道他們在亂來是一回事，親眼目睹他們在亂來又是另外一回事了。

「即使他們都窩在被子裡，根本不敢看？」

姜仕祺肩膀上的薄被滑下來，他低頭盯著躺平的葉志恆，讓那張漂亮的臉蛋添加幾分陰鬱的色彩。

見他配合度偏低，葉志恆乾脆換個方式溝通。

「好、好，你能接受我裸體被他們看見嗎？」

ALPHA表示：當然不接受。

姜仕祺將滑落的薄被拉上來了，不忘扭頭掃一眼其他床鋪的室友是否確實藏在被子裡頭，才勉強放心。回頭對葉志恆說道。

「就這樣做吧。」

這坦蕩蕩的雙重標準。

第三章
不患寡而患不均

熱。

葉志恆穿著寬鬆的白色棉T與深色短褲，而體溫特別高的ＡＬＰＨＡ壓在他身上，溫度隔著衣物傳導給他，熱得他汗流浹背。

姜仕祺儘管裸著上身，但情況並沒有好到哪去，同樣滿頭大汗，幾滴汗珠落在葉志恆的衣物，導致費洛蒙更貼近他了。

即使葉志恆是間接地沾染上他的氣息，都能讓他感到滿意。

「阿恆。」

他親暱地喊著，雙手探入葉志恆的衣襬，從平坦的腹部摸上胸前的突起，放肆地揉捻，原本軟塌塌的乳首被他揉得硬挺。

他動作流暢，葉志恆猝不及防，差點吟叫出聲，單手捂著嘴，另一手揪著ＡＬＰＨＡ造孽的手臂。可恨的ＡＬＰＨＡ，看著顯瘦，手臂盡是強健的肌肉。

被情慾燒得糊裡糊塗的姜仕祺沒看懂葉志恆薄弱的反抗，沉浸在揉胸的快樂，還想要跟他接吻。

偏偏葉志恆捂著嘴，害他親不到。ＡＬＰＨＡ微皺眉頭，儘管不太滿意，但仍執意要親，勉為其難地親吻他的手指頭，又親又舔，情色意味超級濃重。

濕滑的舌頂在他的指尖，靈巧地描繪他的指甲。

葉志恆整齊漂亮的手指甲，是ＡＬＰＨＡ每兩週花上幾十分鐘的時間精心修剪的。

完美的圓弧狀、長短適中、指緣連一點死皮都沒有。既柔軟又可愛，完全符合他的心意。

姜仕祺抑制不住對他的喜愛與慾望，挑選最修長的中指，整根吞入口中，吸吮又吐出，模仿起口交的動作。

其實更想要含的，是葉志恆的性器。

他直盯葉志恆的眼，露骨地傳達著對他的情慾，充滿侵略性的大膽勾引。

不僅如此，姜仕祺的下身貼緊葉志恆，牛仔褲厚實的布料也無法掩藏他的凶物，硬挺的突出抵在葉志恆的胯下磨蹭，彰顯他的欲求不滿。

姜仕祺沒出聲，但是他親吻手指發出的濕潤水聲、布料與布料之間摩擦的聲響，以及狀似有意無意磨蹭的動作，讓木製的床架發出咿呀悲鳴。

全都太色情了。

葉志恆無法不受影響，把持不住自己，勃起的不只是乳首，還有陰莖，被互相抵著磨蹭，簡直要命。

「阿恆……」

姜仕祺吐出他的手指，再次輕喚他的名字，一次比一次煽情，想要做些不被允許的事，渴望得到他的回應。

被ALPHA灼灼的目光直視，葉志恆狠不下心，做不到冷漠無視。

ALPHA明明有力量有為所欲為，卻對BETA搖尾乞憐，渴求他給點獎勵。

讓葉志恆無端生出優越感，想要回應他的心情大於理智上的拒絕，沒辦法再堅持下去。

「你好煩。」

葉志恆低語，說著抱怨的話，視線從謹慎轉向柔和。

這是一個應許的訊號。

姜仕祺讀懂他的意思，勾起嘴角，俯身湊向他，總算是順利親到嘴了。

因為是好不容易獲得的機會，所以捨不得囫圇吞棗，而是含著對方的唇瓣，細細綿綿地品嚐，舔入他的口腔。

葉志恆的體溫偏低，口內的溫度比他冷涼，貪婪地汲取甜蜜的唾液，暫時緩解心中的渴。

綿長又珍惜的親嘴，葉志恆被親得暈頭轉向，忘乎所以，手不自覺地摟上ＡＬＰＨＡ的肩膀，時而摩娑他的背，時而撫摸他的腰，不自覺地想要更加親近。

他主動解開姜仕祺的褲頭，將藏在裡頭的巨物解放出來。

ＡＬＰＨＡ等級的巨碩陰莖抵在他的腹部，上頭流出的透明液體沾濕他的睡褲，又在他手中壯大不少。他握著腫脹的巨物，就著液體的潤滑，熟練地上下滑動。

「嗯——」

姜仕祺輕輕呻吟，維持不了體面，猥瑣地擺動著腰部，做著肏幹的動作，侵犯ＢＥＴＡ的手。

他真的好色。

葉志恆著迷地欣賞ＡＬＰＨＡ的反應，眼看總是溫和有禮的ＡＬＰＨＡ在他手中失去理智，他心裡得到前所未有的滿足，突然不擔心室友聽不聽見他們的聲音，甚至恨不得向寢室所有人宣告，這個ALPHA會因他一個BETA的愛撫而瘋狂。

姜仕祺肏射一次，動作緩下來，但他那處依舊昂挺，尚未得到真正的滿足。

「你弄髒我的手了。」

葉志恆狀似抱怨，但語尾不自覺地上揚，是他自己也很難察覺到的愉悅口氣。

姜仕祺倒是聽出來了，只覺得對方既壞心眼又可愛得要命，但他說不出話來，喘著粗氣，心頭的躁動渾然緩和不下來。都怪葉志恆毫無預警地貼心服務，害他亂了陣腳。

雖然得到對方熱切的回應很好，但再這樣下去，他不能保證自己把持得住，要是不管不顧以易感期的狀態做到最後，葉志恆很可能會受傷。

他不發一語，將葉志恆翻了個身，讓他背對自己，不看臉，或許會好一點。

他敏感的下身依舊貼著對方布料柔軟的睡褲，壓著他的手臂，再次肏幹，一下重一下慢，反覆撞擊著。

可憐的床架發出咿呀的淒厲聲響，在全寢室迴盪著。

嗚、嗚……好重……好、好舒服……。

葉志恆同樣承受著撞擊的力道，差點喘不上氣，就像是真的在做愛，只差插進來了。他的身體不自覺地配合姜仕祺的律動，明明被撞得亂七八糟，但腦子卻不合時宜地想起巨碩的肉刃頂開自己窄緊的甬道，總是能蹭到很舒服的位置。

他光是想像，就快達到高潮。

幸好衣服沒脫，要是姜仕祺執意要做到底，他沒自信能拒絕得了他。

想摸摸前面。

葉志恆的雙手被ＡＬＰＨＡ壓制住動彈不得，只能昂起頭，低喃。

「前面……」

「嗯？」

姜仕祺俯身，想要聽清楚他的低語，撞擊的動作也緩和下來。

他貼得太近，葉志恆下意識地吸聞一大口ＡＬＰＨＡ散發出的濃郁費洛蒙，沉穩厚重的木質調香氣，和姜仕祺本人的氣質相像。

即便此時沾染上情慾的色彩，姜仕祺依舊保持紳士風度、尊重伴侶，是刻印在他血肉裡的教養。

葉志恆確信，不論他提出怎樣的要求，姜仕祺都不會拒絕他。

他盡可能湊近姜仕祺的耳朵，因為他要說出極度羞恥的話，用氣音小小聲地要求。

「你摸摸前面。想射。」

太過露骨，反而說不出完整的句子。

葉志恆冷白的肌膚抹上紅艷艷的顏色，說完話就將臉埋進枕頭裡面。

太丟臉，讓他不想面對，但是身體還在期待被愛撫。

姜仕祺聽清他的要求，怔愣半秒，隨即低笑出聲。

不准笑。葉志恆悶聲抗議。

「好的。」

姜仕祺停止笑聲，順從他的要求，伸手探入寬鬆睡褲，撫摸葉志恆大腿的肌膚，滑順的手感令人愛不釋手，趁機揩油多摸幾下，然後才摸上被冷落許久、高高挺起的肉柱。

葉志恆的陰莖是BETA男性的標準尺寸，但跟ALPHA相比，顯得可愛許多，未經人事的性器形狀青澀筆直，握在手中剛剛好又舒適。

好可愛。

姜仕祺雙管齊下，一手愛撫小東西，一手揉著乳粒，腰部時不時頂弄兩下。

哈、嗯……嗯嗯……葉志恆埋著臉，發出輕輕呻吟。

他沒堅持太久，很快在姜仕祺的手中射出累積幾日的精液。

射完後，整個身體舒爽，他正想放鬆，卻發現ALPHA收回手。他直覺不太妙，趕緊拉著，但他阻止不了一個紳士變態化。

姜仕祺低頭對著手掌中，BETA剛爆發的精液，深深嗅聞，終於如願以償，聞到BETA淺薄的費洛蒙。

是雨後青草地的味道。

他無聲咧嘴笑了一下，接著將掌中的精液抹到自己胸膛，物理沾上BETA的費洛蒙。

太髒了。葉志恆閉上眼睛，不忍直視。

易感期的ALPHA卻得意洋洋，因染上伴侶的費洛蒙而感到快樂滿足，啾啾啾，誇張地落下輕輕點點的細吻在葉志恆的頭髮、臉頰、鼻尖、脖子。

葉志恆重重躺回枕頭上，懶得跟易感期的髒鬼ＡＬＰＨＡ計較，打個呵欠，轉身切換舒適的姿勢。

不想管他了。愛怎樣就怎樣，髒就髒吧。所有事情明天再說。

「好累。想睡了。」

葉志恆無情宣告，忠實呈現射後不理，也不管姜仕祺那高昂的巨碩陰莖還翹著，還沒完全釋放。

姜仕祺竟然毫不在意，縱容地回應。「你睡吧。晚安。」

「晚安。」

道完晚安，葉志恆偷偷撐了幾分鐘，發現ＡＬＰＨＡ併攏他的腿，將凶物鑽進他腿間，自行想辦法洩慾。

嗯，很好，生命會找到自己的出路。

衣服都穿著，姜仕祺有分寸，他放心了，聞著ＡＬＰＨＡ的費洛蒙安然入睡。

葉志恆睡著了，熟睡的身體很沉，但他體重偏輕，對ＡＬＰＨＡ來說並不難移動。

姜仕祺盡可能不吵醒他，小心翼翼地動作，艱難地獨自緩解體內的熱度。

慾望仍然高漲，絲毫不見舒解的跡象。

他理順頭髮，那張溫和漂亮的臉蛋上難得露出煩躁的神情，嘆口長氣。

沒有葉志恆的幫助，他可能得搞一整晚了。

＊＊＊

理工男王文傑雖然縮在自己的床鋪上，但他一直關注著姜仕祺的動靜。

他是不為其他人所知的隱藏薑糖，高中時期在一次科學競賽知曉姜仕祺後便一見鍾情，不但為了他拚命讀書，還特地考上他所在的學校，刻意選一樣的科系。

他偷偷喜歡姜仕祺很久了，但卻並未加入薑糖群組，因為他認為自己的喜歡，比那些膚淺的薑糖更加真心得多。

他以為就讀同一個學校、在同一個專業科系，就有機會認識學長，至少掌握他的課表，同修一堂課也好。

可惜事與願違，姜仕祺專業能力強，不過偏科很嚴重，大一下學期就申請特殊修課方式，非常規取得學分，僅需在考試期間出席即可。大三之後更是不常進校園，同校同科系同班同學也未必見得到人，可以說是傳說般的存在。

所以說為什麼！

為什麼葉志恆會是他的專屬學伴？

王文傑嫉妒得牙癢癢，聞著學長的費洛蒙，身體跟心靈都在蠢蠢欲動。

聽著學長跟葉志恆的親暱聲響，配著那方親吻發出的濕潤水聲、床架的搖擺聲響跟學長偶爾發出的粗喘，他也在摸自己的身體，在棉被裡瘋狂手淫。

光是幻想被學長猛力操幹，他就射了兩次，內褲被自己射出的精液弄得又黏又濕。

他好想要接近學長，葉志恆到底憑什麼？

那傢伙也太過分，竟然將學長丟著，自己一個人睡著了。

如果是他，他絕對會好好陪學長。

不管學長想要做什麼，就算是當著室友的面做愛，他也不會拒絕。絕對不會讓易感期的學長這樣委屈。

王文傑痴迷地想像著自己跟學長當著室友的面做愛的畫面，明明已經高潮過兩次的地方，沒多久就又再次精神了起來。

為什麼不是我？

這樣的想法越來越強烈。

直到聽見姜仕祺滿懷無奈的嘆氣聲，他感覺自己的機會來了。

寢室是統一上床下桌的設置，他所在的三號床，與葉志恆所在的四號床同一排，他爬起身，往那處看，就能見到學長跟葉志恆。

學長裸著上身，坐在熟睡的葉志恆身旁，手探入對方寬鬆上衣裡頭，正在一下下地撫摸著。

他鼓起勇氣，無視ALPHA費洛蒙所帶來的壓制感，情緒高度亢奮，導致他呼吸紊亂。

他做了幾次深呼吸，鼓足勇氣，微喘著氣，對學長開口。

「學、學長，我可以幫你……」

姜仕祺對他的話充耳不聞，只全神關注葉志恆。

王文傑以為他太專注，才沒理會自己。他嚥下口水，頂著壓力，往四號床的方向爬去，一邊爬一邊喊。

「學長……我也可以……我能做得比他好，你想做什麼都行。」

「我可以幫你口，也可以讓你插進來。」

他直接大膽的發言，拋開顏面毫無廉恥心，只懇求對方垂憐。

他的手壓上葉志恆的床鋪，闖入ALPHA的領地，聞到濃郁的費洛蒙氣味，讓他手腳發軟、身體某處越發濕潤。

他做好準備，隨時能接受ALPHA的侵犯。

他有自信能做得比葉志恆更好，他會更主動、更願意服務對方。

他的手即將要碰到他朝思暮想的ALPHA，急促的呼吸彰顯他亢奮的情緒。

「學長，你看看我……我不比葉志恆差。」

他著迷地望著ALPHA的背影，毛遂自薦之餘不忘踩葉志恆一腳。

姜仕祺原本不打算理會，但對方提起葉志恆的名字，讓他有了反應。

厭惡的反應。

他抓起擺在床邊的基本小六法，扔向幾乎要碰到自己的大膽BETA，連書帶人一口氣砸下去。

砰的一聲，發出巨大聲響。

「嗯？」

葉志恆被聲響吵醒，發出迷糊的單音。

姜仕祺像無事發生般，俯身親吻他的眼睛，讓他重新閉上眼，用柔和的聲音輕聲哄著。

「沒事，你繼續睡。」

「小聲點。」

葉志恆含糊交代，眼皮像是黏住般，睜不開了，再次陷入沉睡。

姜仕祺連一個眼神都沒給在地上痛苦掙扎的王文傑。

王文傑的臉被砸個正著，接著又從床上摔倒在地。

他躺在地板上，衝擊之大，疼得他連哀嚎聲都發不出來，只能悶聲地流淚哭泣。

這一晚，五〇八寢室有人睡得香甜，有人整夜未眠，有人趴地痛哭流涕，有人鴕鳥般縮在被窩裡，祈禱自己能安然度過今晚。

早晨六點多，葉志恆因生理時鐘而轉醒，做了一個詭異的夢。

他變成一艘船，在海中被浪推進拍打，睜眼時，與他夢中海浪的根源對上視線。

「早安。」

姜仕祺對著他笑了下，一邊道早安一邊俯身親吻他，親暱味十足。

ＡＬＰＨＡ神清氣爽，不像是陷入易感期，被慾望折磨一整晚的人。

浪一整晚還沒滿足嗎？可怕。

葉志恆不動聲色，聞聞他身上散發的費洛蒙，很遺憾他聞不出個所以然，精液的味道太濃郁了。

他不敢想像姜仕祺究竟射出多少次。

「宿舍大門六點半開。」

葉志恆蓋住姜仕祺的嘴，擋住他的親親。他坐起身時才發現姜仕祺摟著他的腰，他的衣褲上沾著不堪的白濁黏液，造成這情況的孽根還挺翹著。

嗚哇。葉志恆心驚，疑問脫口而出。

「你這情況，出得了校門嗎？算了不重要，當我沒問，快把衣服換上，趕緊走。」

葉志恆催促，推開姜仕祺，準備走梯櫃下床。

「我一個人走？」

姜仕祺尾音拉長，像在撒嬌般的聲音，晶亮的目光直盯著他，英俊帥氣的臉蛋冒出一點鬍渣。

「一起走。」

葉志恆拍拍他的手，讓他高抬貴手，別摟著他，影響他爬下床。

走下梯櫃後，很快他便看到敞開的、孤零零的……他的小六法。

內文被摺到好幾頁，皺巴巴的壓著，他做的標籤噴出去了好幾張。

本應該好好躺在他床頭的小六法，竟然落到這般下場。

他呼吸一滯，彎腰撿起小六法，抬頭看向上頭的人。

姜仕祺雙腳踩在梯櫃上，雙手放在膝頭，向他鞠躬道歉。

「對不起。」

表現乖巧，態度良好。

好吧。

看在他是正處於易感期的ＡＬＰＨＡ又慎重道歉的分上，葉志恆決定不跟他計較，將厚重的小六法放置書桌，順口詢問。

「你用法律制裁誰了？」

物理上的制裁。

「一個無關緊要的人。」

姜仕祺見葉志恆向他招手示意下來，才開始繼續往下走。

「喔？」

葉志恆掃一眼其他床位，一、二號床的室友仍在床上窩著，不知睡醒與否，大概醒了也不動。唯獨王文傑不在，他又問。

「他做什麼了？」

難以想像王文傑究竟做了什麼，能讓姜仕祺大發雷霆，氣得拿小六法砸人。

「他闖入我們的床鋪，還說些奇怪的話。」

姜仕祺大致解釋。

即便他沒細說原由，葉志恆也多少能猜出來，大概是做了類似自薦枕蓆的事。

意外。王文傑藏得真深，看不出來他是薑糖的一分子，還是積極主動派的類型。

葉志恆先測姜仕祺的PH值，依舊是不上不下的黃燈，接著到門旁的衣櫃拿出一套衣物，進浴室刷牙洗臉換衣服。

再出來時，姜仕祺也換回上衣。棉麻材質易皺，經過一夜的折騰，衣服被摧殘到皺巴巴的、慘不忍睹。

從來都是整潔乾淨的姜仕祺穿著皺到亂七八糟的衣褲，臉上還長了點鬍渣。儘管美貌不減，視覺上倒是挺衝擊的。

葉志恆不禁感慨，易感期害人不淺。

他收拾書包，帶上筆電與姜仕祺，準備出門。

出門前，他掀開一號床的棉被，與一臉驚恐的娃娃臉室友對上視線，平淡交代。

「我帶人離開，你們等下就可以出來活動。記得開窗散氣，這味道有點危險。麻煩你了，我讓他找時間請你們吃飯。」

室友猛點頭，眼睛放光，可以吃姜仕祺學長請的飯，他當然求之不得。

「我們走了。」

葉志恆交代完畢，牽著姜仕祺離開寢室。

門板喀的一聲闔上，娃娃臉與阿宅室友猛地掀開棉被，坐起身爬下床，各自打開一邊的窗戶，讓新鮮空氣流通。

兩人呼吸間盡是ALPHA濃郁且充滿攻擊性的費洛蒙，即使經過一晚，他們依然無法適應。
心悸、戰慄，以及頭皮發麻的症狀儘管緩和了不少，卻依舊斷斷續續地發作著。
「喂喂，會不會太扯？」
「姜仕祺學長耶。」
「是那個姜仕祺學長。」
「葉子居然是學長的專屬學伴。」
「雖然知道他們交情不錯，但我沒想到會這麼好。」
「學長真的會請我們吃飯。」
「其他人這麼說，我可能半信半疑。但葉子這麼說的話……」
「那肯定會請了。」
啊啊啊啊啊啊啊——
兩人在寢室內亢奮地小小聲尖叫，簡直就像天上突然掉餡餅一樣，超爽的。

第四章
人生若只如初見

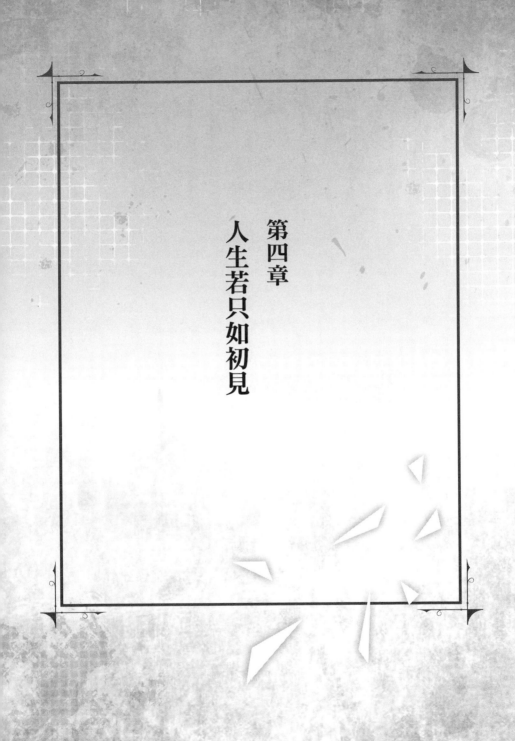

姜仕祺還記得與葉志恆第一次見面時的場景。

當時他作為學生顧問，為學生會請的小幫手們檢查架設網站的結構問題，每個月兩次出席例行會議，並報告進度。

葉志恆則是學生會新進的祕書部成員之一，作為普天大學學生會成立以來，第一位破例在大一新生時期就錄用的成員，稀奇到連顯少進校園的他都聽說過對方的傳聞。

傳聞有兩個版本：

版本一：葉志恆在新生始業輔導課程，與高年級的ALPHA們槓上，勇猛地挑釁對方，一對三，他一ALPHA三打群架，最後出動警察跟消防隊才平息紛爭。結果三名ALPHA跟他被記小過，過程中還波及一名無辜的BETA男同學，嚇得人匆忙轉學。

版本二：葉志恆見到高年級ALPHA在毆打BETA男同學，他勇敢出面阻止ALPHA，不料也被抓去毆打，過程中有人誤觸消防的手動報警設備，導致消防隊出動。結果是三名ALPHA跟他被記小過，各打五十大板，而BETA男同學重傷昏迷不醒，至今依舊待在加護病房。

總和兩個版本，打架是真的打了，並且是他一個BETA對抗三名高年級ALPHA，還有一名BETA男同學不知究竟是什麼角色，結果是三ALPHA一BETA全記小過，而那位BETA男同學則沒有來普天大學上學。

很難想像這樣一位未開學就先吃小過的BETA新生，怎麼會成為審核嚴格、力求品學兼優的學生會的一員。

生。

姜仕祺出於好奇，多留一分心眼，悄悄地打量這位傳聞中膽敢單挑三名ＡＬＰＨＡ的新生。

他原以為葉志恆是一名孔武有力、粗野狂放的男性ＢＥＴＡ，想像中的形象會是身高一百八體重破百，壯碩高大，足以與三名男性ＡＬＰＨＡ抗衡的超級ＢＥＴＡ。

實際上本人卻完全不是他所想像的那樣。

真正的葉志恆體型纖瘦，身高不到一百八，目測恐怕只有一百七左右。肌膚白皙如紙，手部的青藍血管顯而易見，別說肌肉含量，大概連脂肪都少。

即便他穿著寬鬆上衣，也無法幫他壯大體型，反而顯得他更加嬌小。

他纖細偏瘦卻不女氣。在他身旁的學生會祕書長朱嘉欣，是一名女性ＢＥＴＡ，擁有女性的標準身材，對比之下，葉志恆確確實實屬於男性的骨架。

他們並坐在一起，同為學生會祕書的角色，朱嘉欣開著一台筆記型電腦，指導他做開會紀錄。在開會過程中，時不時小聲講解著。

葉志恆專注且安靜，鮮少出聲，認真聽她說話，會不自覺地將耳朵往她的方向傾斜，為了聽得更清楚，偶爾會停下來抄寫幾個重點，寫字速度非常快。

姜仕祺對葉志恆的關注到此為止。

初次見面，他們沒有正式交談，姜仕祺對葉志恆並沒有留下什麼深刻印象，只記得是一位與傳聞相差甚遠、白皙又纖瘦的學弟。

第二次見面，依舊是例行會議，隔了兩個禮拜，葉志恆已能獨當一面，由他與另一名成員做會議紀錄，一名負責逐字逐句的翻譯，一名則負責簡化版的精要。

通常精簡文字的工作會由高年級成員負責，雖然打的字較少，可內容必須是精華中的精華。

然而情況卻是顛倒過來，由高年級成員鍵入逐字稿，而葉志恆負責精簡文字。

姜仕祺注意到這樣的情況，對葉志恆多了一點好奇。

第三次見面，例行會議，姜仕祺提早十分鐘抵達會議室，零星幾位學生會成員先到場，整理會議室。葉志恆正在處理投影機與電腦的連線，確認投放出來的畫面。

「姜同學！早安啊！」

「學弟！你來啦！怎麼這麼早！」

成員們精神抖擻的招呼，紛紛放下手邊的工作，如同磁鐵般向他的方向靠攏。

姜仕祺禮貌地回應他們，擋不住自來熟的熱情同學將他團困起來，滔滔不絕地搭話，一句接一句，沒完沒了。

他不動聲色，觀察仍獨自一人檢查設備的學弟。

一開始眾人道早時，葉志恆曾轉頭與自己對上視線，無聲地點點頭以示招呼。除此之外就連一個眼神都欠奉，只一個勁地忙著自己的工作。

完全沒有任何交流。

姜仕祺聽著其他人無關緊要的談話，內心卻湧上一股莫名其妙、難以言喻的失落感。為什麼學弟不過來跟自己閒聊幾句？難道我不夠引人注目嗎？

他想跟對方展開對話，想知道他究竟是怎樣的人。

想認識他。

會後，姜仕祺、學生會長湯莎菲與祕書長朱嘉欣一塊午餐，他裝作不經意，打聽有關葉志恆的傳聞，終於從她們口中得知傳聞的真相。

不論是版本一還是版本二，都與真相差距甚遠。

新生始業輔導課程，學生會的成員是主要工作人員，葉志恆是被學長姊抓去當苦力的新生，像他這樣的新生很多，主要負責搬運重物與配送資源。

葉志恆在配送物品時，默不作聲地將他負責班級的新生名字與臉孔記住。

當時，有一位男性ＢＥＴＡ新生被三年級的江城峰盯上。

江城峰，普天大學有名的問題學生，犯下的過錯罄竹難書，之所以成為輔導課程的工作人員，也是因為他被罰勞動服務，由學校的行政老師臨時安插進來抵服務時數。

誰也想不到，江城峰會對新生下手。

葉志恆在發問卷調查時，注意到新生少一人，他警覺心強，要求老師必須找出那名ＢＥＴＡ，但老師覺得他大驚小怪，並沒有放在心上。

他找了工作人員幫忙，但大家都很忙，不可能再分配人力出去，只為了找一個人。

葉志恆堅持要找出那名新生，他沒有幫手，獨自一人在偌大的校園找人，彷彿大海撈針，但他針對校園人流特別少的角落，從東找到西，最後在垃圾場裡找到那名新生。

江城峰喊上兩名校外的ＡＬＰＨＡ同夥，把那名新生ＢＥＴＡ拖到垃圾場為所欲為。

葉志恆找到他們，他自己也是一名ＢＥＴＡ，論力量他不可能打得贏三名青少年ＡＬＰＨＡ，因此只好劍走偏鋒，找到離垃圾場最近的消防栓，並且按下手動報警機與火警鈴。

頓時警鈴大響，三名ＡＬＰＨＡ作賊心虛，嚇得拔腿就跑。

葉志恆拿著手機拍攝他們從垃圾場竄出的影片，被江城峰發現，聯合其他人逮住他群毆，並試圖搶奪手機、銷毀證據。

偏偏他死不放手，只將自己縮成一團，擋住要害。

直到值班的警衛跟湯莎菲等人趕來，三名ＡＬＰＨＡ灰溜溜地逃走，暴行才終於結束。

葉志恆流著鼻血找到那名ＢＥＴＡ，他躺在垃圾場骯髒的地板上，全身衣服被撕得破破爛爛、雙眼無神，無聲地哭泣著。

男孩身上到處都有被狠狠毆打的傷，還有ＡＬＰＨＡ們混雜的費洛蒙與精液氣味，慘不忍睹。

葉志恆無視他身上的髒汙，俯身抱住他，引起他的應激反應，嚇得直發抖。

葉志恆抱緊他，明明自己也因過於濃郁的ＡＬＰＨＡ費洛蒙而在顫抖，卻還出聲安撫對方。

「沒事，我找到你了。」

歷經非人暴行的ＢＥＴＡ流著眼淚，回抱住他，而後淒厲地大叫。

後來，江城峰被記了大過，而葉志恆因胡亂使用消防設備被記小過，那名受害新生則是選擇轉學。

「這是刑事案件吧？」

姜仕祺臉色沉重，不認同這樣的處理方式。

「對方不願意提告，因為訴訟過程會不斷重複自己的遭遇，他不要再回想。」

湯莎菲嘆口氣。

朱嘉欣補充，「而且葉子不希望真相被傳播出去，寧願傳聞錯得離譜。他想保護那位ＢＥＴＡ，最好越少人知道越好。」

「照理來說，他救了人，學校應該記他小功，至少功過相抵。」

湯莎菲咬牙切齒。

「可學校卻沒有這麼做，因為江城峰與學校高層有關係，而葉志恆則是沒有任何背景的普通新生。」

「這件事對他不公平。他不應該被記小過。」

朱嘉欣同樣忿忿不平，臉色陰鬱。

「不僅如此，他還被江城峰盯上了。我把他招進學生會，也是想警告對方，葉志恆背後有我們。」

「他有申訴，要求撤回小過，但目前學校壓著案件，遲遲不處理。」

「最糟的情況就是進入行政訴訟程序，跟學校打官司。」

『——唉……。』

兩人同時嘆了口長氣，飯也吃不香了。

沉重的話題，可憐的學弟，該死的江城峰，助紂為虐的學校高層。

接著，他們又聊了很多跟葉志恆相關的話題，姜仕祺從她們口中得知，學弟葉志恆為人不錯，行事低調，擅長將大量文字資料簡化，抓重點是強項。有他在，工作會很順利。

儘管當初是想幫他一把，才將他拉進學生會，不過沒想到他能力這麼好，反倒是學生會撿到寶了。總而言之，兩人對他的評價非常高。

而這再次堅定了姜仕祺的想法——好想認識他。

如此的想法與日俱增，一天比一天強烈，遠超乎他的想像。

第四次見面，在學校行政中心二樓的樓梯間。

葉志恆似乎在躲人，安靜地側身待著，偶爾探頭往外瞄幾眼。

姜仕祺上樓時，看到的就是這副場景。

男孩背著雙肩包、穿著寬鬆舒適的單色上衣與淺色牛仔褲，搭配一雙天藍色的運動鞋。

葉志恆似乎常這樣穿搭，因此即便只見到背影，他還是一下就認出他來。

真意外，沒想到自己居然能光靠身形便能認出一個人。

以前跟某些人見面時，有時明明都打照面了，卻還想不太起來對方究竟是誰。

「學弟！」

姜仕祺沒察覺到自己的聲音有多雀躍，雙眼放光，不自覺地靠他很近，幾乎要貼到他的後背。

葉志恆一怔，轉頭，見到眼光特別明亮的姜仕祺，立即向他打招呼。

「學長好。」

「你好啊。」姜仕祺的語調不自覺地上揚，好奇詢問。「你在做什麼？」

他不自覺地靠近對方，半探身看向他剛瞄的位置，是生活輔導組辦公室，沒看出個所以然。

過於親近的距離，讓葉志恆眉頭微皺。

「抱歉！」

姜仕祺注意到他的不適，趕緊退開，做出舉手投降的姿勢，慎重道歉。

「我太冒犯了。真的很抱歉！」

「沒關係。」

葉志恆尷尬。

最怕空氣突然安靜。

姜仕祺懊悔自己的魯莽，反省自己再怎麼想親近對方，也不該靠得這麼近。

「我正在躲人。」

葉志恆打破沉默，再次將目光投向辦公室，還能聽見說話聲。

「江城峰？」
姜仕祺脫口而出。
只見葉志恆露出幾秒鐘的錯愕表情，讓他很快意識到自己又莽撞了，不應該說出江城峰的名字。
「我有點意外，沒想到很少進校園的學長也知道這件事。」
葉志恆收斂起表情，臉色恢復平淡，接著說道。
「我確實跟江城峰有過紛爭。目前打算盡可能遠離他，避免衝突再度發生。」
姜仕祺注意到他用「有過紛爭」這樣籠統的話語，簡單帶過，至於傳聞的真偽，他沒有向任何人辯解的打算，即使傳聞會帶給他負面影響。
善良、正直且低調的學弟卻得躲躲藏藏，主動迴避校園裡的問題人物。
這是他們第一次正式對話。明明彼此互不相識，但姜仕祺卻已經開始心疼。
「你這樣會很辛苦。」
姜仕祺低語，目光停在葉志恆身上。
誰能想像，這樣纖細白淨的ＢＥＴＡ敢與ＡＬＰＨＡ對抗？
「我知道。」
葉志恆抿嘴，單手抓緊雙肩包的背帶，開始散發出不願意再多談的氣息。
姜仕祺敏銳地察覺到了。這次他不敢再莽撞亂說話，暗自斟酌著語言，想著他該怎麼表達自己有意願幫助他，又不會引起對方的反感。

「你有事找行政老師，還是單純交資料？」

「……交資料。」

葉志恆隱約察覺到他這樣問的用意，所以回答得有些遲疑。

「如果你不介意的話，我可以幫你交。」

或是我們一起進去辦公室。姜仕祺不敢把邀約說出口，怕自己表現得太積極，會嚇跑對方。

葉志恆拿出非透明的L型文件夾，上頭貼著班級姓名的標籤，慎重地遞給他。

「這是我的請假單，麻煩你幫我放到相應的櫃子裡。另外，我的東西如果被江城峰看到，他可能會抽走。可以的話，希望你幫我把名字的部分翻到背面。」

聞言，姜仕祺臉一沉。

他相信依照學弟的人品，不可能隨便說出這樣的話。一定是遇過類似的狀況或有所本，才會做出這樣的指控。

「江城峰抽過你的請假單。」

他沒有使用疑問句，而是肯定句。

葉志恆點頭。

「他拿走過兩次，這是我第三次繳交。他賴在辦公室不走，多半是打算堵我。」

語畢，他停頓幾秒，補充。

「我沒有親眼目睹他拿走請假單，可是前兩次交假單的時候，他都在場。無法排除不是他做的可能性。」

姜仕祺輕拍他的背部，嘆息般低語。

「辛苦你了。」

或許是潛意識裡太想親近對方，導致身體總會無意識地想要有肢體接觸。腦袋還來不及思考，手就已經撫了上去，等反應過來後，才趕緊裝作若無其事地收回手。

他緊張地觀察對方，驚喜地發現，這是葉志恆第一次沒有排斥他的碰觸。

「哈。」

葉志恆發出哈的一聲，比起笑，更像是無奈嘆息，不否認他的說法。

「確實滿辛苦的。」

姜仕祺心酸，好心疼他。

雙雙陷入沉默，姜仕祺沉浸在葉志恆那張端正好看卻非張揚美豔的臉，黑色的睫毛與冷白肌膚成了強烈對比，離得這麼近，他才發現葉志恆是下垂眼、微內雙，面無表情時看起來冷淡且厭世。

葉志恆抬眼，與他對上視線。

姜仕祺沒頭沒腦地閃過一個念頭，詢問對方。

「學弟，你聽過專屬學伴制度嗎？」

這句型與多年前流行語「你聽過安Z嗎？」一模一樣。

他今天的魯莽值破表了，好想要有台時光機，讓他回到一個小時前。真希望他們的第一次交談，自己表現能不要這麼差。

專屬學伴制度，是普天大學的學生之間長期形成的特殊文化。

普天大學作為私校的天花板，師資、設備都是頂尖的，但學費相應的也高貴得很。

校方深知網羅人才的道理，因此不管是學科術科或是運動才藝，只要表現夠好，獎學金向來都給得十分大方。

不過正因如此，學生之間的家庭背景也呈現了兩極化。不是有錢有勢的一般生，就是家境普通甚至清寒的資優或才藝生。

人皆有攀比之心，資源不均就難免有衝突，眼紅動歪腦筋的就更不用說了。

首先被盯上的，便是「專屬學伴制度」。

校方起初設立該制度時，主要是希望能藉此打破學生對第二性別的成見與迷思，鼓勵學生跳脫舒適圈，多和其他第二性別相異的人來往。

畢竟社會上ALPHA、BETA與OMEGA通常還是有各自的交友與生活模式，要彼此認識也不如在校時那般容易。

因此無論是ALPHA找BETA，抑或BETA找OMEGA，只要和第二性別不同的人結為專屬學伴，學校就會另給獎勵學分。

儘管立意良善，卻給了有心人可趁之機。

一開始只是人傻錢多的ALPHA找同系聰明卻阮囊羞澀的BETA或OMEGA當專

屬學伴，再額外給一點報酬，讓對方COVER自己直到畢業這種程度而已。

結果後面愈演愈烈，逐漸脫離「學習」的範疇，扭曲成普通階級刻意找上層階級，家境貧困的學生找手頭寬裕的學生，弱勢的BETA跟OMEGA則會去尋求強勢的ALPHA庇佑。

甚至有人開玩笑，所謂的「專屬學伴」，搞不好是「專屬於自己的在學時期另一半」之簡稱。

藉著「專屬學伴」的名義，不但能使彼此的關係更加親近，還可以規避許多麻煩與問題。

一方給予保護網或是提供金錢，另一方則是好使喚的小嘍囉或方便的速食情人，各取所需。

學生會長湯莎菲與祕書長朱嘉欣就是專屬學伴關係，不過她們的情況特殊。明明彼此相愛，卻因湯莎菲家裡不允許自家ALPHA與普通的BETA交往，故兩人不得不利用專屬學伴制度，光明正大地在一起。

對於這個名詞，葉志恆當然有耳聞。

即便他不主動了解，也總有同學在討論，好想成為誰誰的專屬學伴，或是某同學跟某個學長姊成為專屬學伴，相關的八卦無孔不入。這之中，姜仕祺是同學之間傳聞得最厲害的人物之一，想跟他有特殊關係的人比比皆是。

眾所周知，姜仕祺沒有專屬學伴，也沒有找專屬學伴的打算。

葉志恆不會自作多情地認為對方在邀請他，推測對方是出於善意、誠心建議他找個專屬學伴當靠山，以抗衡霸道的江城峰。

「我……」

他話才剛開個頭，被人突兀地打斷。

「這不是葉志恆葉學弟嗎？好巧，在這裡遇見你。我說過下次見面，要好好打招呼的，是吧？」

江城峰帶有惡意的尖酸語調，邊說邊靠近。

江城峰體格壯碩，父母給他福態幼嫩的臉孔，卻被他硬生生長成鄙陋的神情，刁難葉志恆的時候，散發出令人悚然的惡意。

以他的角度，看不見與葉志恆對話的姜仕祺，所以肆無忌憚地釋放ＡＬＰＨＡ的費洛蒙，試圖影響身為平庸ＢＥＴＡ的葉志恆。

他要逼迫自不量力的ＢＥＴＡ對他下跪求饒，讓葉志恆徹底明白ＢＥＴＡ天生就是低ＡＬＰＨＡ一等，誰讓他多管閒事，竟敢試圖對抗他。

他要在他眼中看見恐懼，最好能嚇得屁滾尿流。

專屬於ＡＬＰＨＡ的費洛蒙隨著風飄散過來，出於威嚇散發出的費洛蒙充滿攻擊性，不論是再好聞的味道都會變得刺鼻，像是原本的氣味加上大量的氨，臭到聞不出原本費洛蒙的基調。

一個充滿敵意且臭氣沖天的ALPHA向他走來，葉志恆下意識地後退一步，臭到怕，生理、心理都在排斥這難聞的氣味。

「哈！有本事你跑啊。早晚會被我遇到。」

江城峰見他退縮，猖狂地笑著，並加快腳步逼近，出手抓人。

江城峰伸出的手反被逮著，一股強大的手勁，幾乎要握斷他的腕骨，痛得他發出淒厲的慘叫，驚動到辦公室裡的行政老師，卻沒有一個老師走出來。

江城峰惹事不是一次兩次，他們以為慘叫聲是哪個可憐的學生又被他整了，礙於他的身分特殊，老師們不敢插手管事。

「你誰啊？還不快放手！」

江城峰哀嚎著，語氣仍狂妄。

「你知道我是誰嗎！你敢惹我！」

姜仕祺一手扣著江城峰的手，一手抱著葉志恆，護著他抵禦ALPHA的惡臭費洛蒙攻擊。他無視江城峰的叫囂，視線越過他，看向不遠處辦公室的方向，對於沒有老師查看情況，感到窩火。

他收回視線，面對氣急敗壞的江城峰，處理眼下的問題。

「我不認識你，但我看得出你的行為非常無禮。請你立刻停止費洛蒙攻擊，否則你的手等下可能就要找校醫處理了。」

以暴制暴不是個好方法，卻是個最快的方法。

而現在的姜仕祺百分百願意為了葉志恆暫時把形象放一邊，採取這種簡單又能快速見效的物理手法。

第五章 眾裡尋他千百度

那天，葉志恆以最近的距離，目睹ALPHA與ALPHA之間是如何處理衝突的。

江城峰散發可怕的費洛蒙氣味，不懷好意地逼近他，氣勢凌人。

作為BETA的他聞著ALPHA凶惡的費洛蒙，身體起了應激反應，不住地顫抖著，肌膚爬滿雞皮疙瘩，呼吸困難，即使他努力維持鎮定，可屬於動物性的等級壓制，依舊逼得他十分恐懼。

身不由己。

如果不是姜仕祺支撐他，他恐怕已經跪倒在地。

人生而不平等，ALPHA處於上層，他們是既得利益者。

像江城峰如此，仗著ALPHA的身分，欺壓弱者的傢伙比比皆是。

這世界不公平。

校園就是小型社會。

弱勢學生為了生存，不得不攀附在ALPHA身旁，締結成專屬學伴關係，尋求屬於自己的保護網。

「這樣下去你會很危險，你最好找個專屬學伴。」

朱嘉欣學姊的話，言猶在耳，但他從沒放在心上。

直到這一刻，他被姜仕祺保護著，後者游刃有餘地應對江城峰的攻擊。

姜仕祺等級比江城峰高，不需要散發費洛蒙與之對抗，穩如泰山，擒住江城峰的手，沉聲發出警告。

江城峰慘叫著，臉色鐵青，在姜仕祺鬆手的瞬間，相當難看地落荒而逃。

難得看見江城峰吃鱉的模樣，葉志恆無聲笑了，想多看幾眼，記住對方狼狽的糗樣，但他被攻擊性的費洛蒙熏得頭昏腦脹，耳朵嗚嗚作響，也聽不見姜仕祺對他說的話，最後昏倒在他的懷中。

待他醒過來，他們在走廊盡頭的休息區，他躺在無靠背式的長沙發椅上，頭枕著姜仕祺的大腿，從額頭傳來ＡＬＰＨＡ冰涼的手溫。

「你有沒有好一點？」

姜仕祺低著頭，俯瞰他，溫聲關切他的身體狀況。

葉志恆由下往上仰視眼前溫柔的ＡＬＰＨＡ，明明是個死亡角度，可姜仕祺卻依舊好看到令人驚豔。

身材挺拔、五官漂亮，容貌精緻無死角。這樣的ＡＬＰＨＡ還既聰明又溫柔體貼，他暗自感慨，ＡＬＰＨＡ與ＡＬＰＨＡ之間的差別真大。

有江城峰那般的人渣ＡＬＰＨＡ，也有像姜仕祺這樣的完美ＡＬＰＨＡ。

「我好多了。謝謝你。」葉志恆想起身，卻被對方攔著。

「再躺一會吧。你體溫還很高。」

姜仕祺溫和地勸說，讓葉志恆沒有半點被強行阻攔的抵觸感，順勢倒回原本的位置，躺著別人提供的大腿枕頭。再次讚嘆，姜學長真是好人。

他們沒有過多的交談，待在一起很久的時間，但誰也沒嫌漫長，直到葉志恆的體溫降到正常標準，才各自道別。

那天的事件，拉近了兩人的距離。

葉志恆成了被姜仕祺特別關照的學弟，一個月兩次的例行會議，總要選與他鄰近的位置，通常是前座或後座，因為他身旁有其他學生會成員一同做開會紀錄。

姜仕祺在他前座時，會在休息期間，轉身盯著他做事，看他忙碌似乎是一件相當有趣的事。

起初葉志恆被人盯著看很不自在，次數多了，他就習慣了對方的目光。

姜仕祺像磁鐵般吸引其他人的關注，時不時有人湊過來聊幾句，導致周遭總是鬧哄哄的。

這情況無形間製造葉志恆和其他人的交集，以此為契機，他認識的學生會成員變多了，相處起來輕鬆許多，他不再是孤單的、離群值般的存在。

以上種種，都加強了葉志恆覺得姜仕祺是好人的印象。

親和力十足，擅長社交，人人聊得來、吃得開，沒見過讓他應對棘手的人物。和他相處毫無ＡＬＰＨＡ給人的壓迫感，潤物細無聲，相處起來十分舒適，葉志恆能理解為何大家喜歡他，甘願成為他的薑糖或薑絲。

葉志恆心想，姜仕祺關注他，多半是出於見義勇為的心理。

如同學生會會長湯莎菲與祕書長朱嘉欣排除萬難、對他伸出援手，破例讓他成為學生會的一員那般。

起初他是這麼想的，直到他與江城峰又一次發生衝突。

午休期間，他在男廁偶遇江城峰。

他被對方的兩名BETA小弟逮住，江城峰緊緊壓住水龍頭，讓尖銳水柱筆直朝著他直噴。

幸好男廁人流大，ALPHA沒有作惡太久，很快收手。

他淋了一身濕，回到教室，狼狽不堪。

他們班的班長詹利偉，即同寢的二號床宅男室友，在逼問他一身濕的來龍去脈後，出於同情與同學愛，讓出自己的運動外套借他換穿，並且拐彎抹角地建議他最好找個可靠的專屬學伴，否則總有一天會出大事。

事實上，經過上次的衝突，葉志恆切身明白自己如履薄冰的處境，很遺憾，尋求專屬學伴的庇護似乎是目前的最佳解。只是他尚未找到合適的人選，畢竟那個人必須等級比江城峰高、不怕招惹學校高層，並且願意跟他締結專屬學伴關係。

天時地利人和，目前一樣都沒收集到。

葉志恆感謝班長的美意，美中不足的是那件外套從開學到現在都沒洗過，沾染了詹利偉同學的濃郁體味。

那一天，讓他回想起，曾經被ALPHA攻擊性費洛蒙襲擊的恐怖。

詹同學明明是個普通的BETA，體味卻有著媲美ALPHA攻擊性費洛蒙的潛力。厲害了。

葉志恆穿著比自己尺寸更大更寬鬆的運動外套，被體臭熏得腦袋暈乎乎，褲子還十分潮濕，冷意不停襲來，導致他完全聽不進下午的課程。

偏偏今天學生會又要開例行會議。

這天他特別不走運，接二連三發生倒霉的事。

先是遇到江城峰、被潑冷水，接著換上班長好心出借卻具有攻擊性的外套，然後最後一堂課的老師還晚下課十五分鐘。

時間過於緊湊，根本來不及回宿舍換件乾淨的衣服，只好維持原狀出席例行會議。

他忍著頭暈，開啟筆電，趕上紀錄的進度。

每次呼與吸之間，恐怖的味道都讓他的生命值叟叟直掉。

叩叩。

會議還在進行，前座的姜仕祺卻半轉身，輕敲他的桌面，仔細打量他的臉色，敏銳地察覺到他的狀況，微微皺眉問。

「是不是身體不舒服？」

「你身體不舒服嗎？今天還是休息吧！」

身旁的朱嘉欣猛地看向他，男孩原本陶瓷般冷白的肌膚此時更顯得蒼白。她當機立斷，不聽他的回覆，立刻舉手中斷會議，安排其他成員接手他的工作，並催促他趕緊回宿舍休息。

朱嘉欣的盛情難卻，且他被冷水淋一身濕，又撐了一整個下午，再堆疊上班長的體味攻擊，此時此刻的他頭昏腦脹，未必能做好紀錄的工作。

他心中快速權衡，最終選擇接受學姊的好意。

起身時，前座的姜仕祺同樣站起，舉動十分自然，不經他的同意，擅自接過他的後背包，手攬著他的肩膀。

嗯？葉志恆茫然。

茫然歸茫然，但是忍了這麼久的寒意，突然碰上姜仕祺的體溫，讓他感覺很溫暖，不自覺地舒口氣，也捨不得推開對方。

「我送他回宿舍，待會回來。」

姜仕祺對朱嘉欣交代，並非是需要她的同意，僅僅是出於禮貌，打聲招呼罷了。

朱嘉欣只關心葉志恆的狀況。

「不舒服的話，要趕快去醫院喔！」

葉志恆十分感動，但累到說不出話，倒是姜仕祺幫他回答了，俏皮地自稱是他的護花使者，保證把他全鬚全尾安好送達目的地。

哈，幽默。他算什麼花？OMEGA才是花，他是不起眼的綠葉BETA。

他們剛走一小段路，姜仕祺忽地湊過來，嗅聞他的脖子，不，準確來說，是他運動外套領口的氣味。

葉志恆尷尬，外套的氣味驚人，該不會臭到他了吧？

「這是誰的味道？」

姜仕祺蹙眉，絲毫不掩飾對外套的嫌棄。

ＡＬＰＨＡ問的不是「這是誰的外套」，而是「這是誰的味道」。

如果是平時的葉志恆，或許能察覺出兩者之間細微的差異。

問外套，那是單純的好奇。問氣味，那是ＡＬＰＨＡ特有的占有欲在作祟。

不過此時的他並無力察覺，只老老實實地回答。

「衣服濕了，班長借我的。」

姜仕祺心情複雜，滿肚子疑惑想追問。壓制不住的，是對葉志恆沾染上他人氣味的不悅感。

他攙著虛弱的ＢＥＴＡ到附近男廁，進入離門口最近的單間，動手扯下那件體味濃重的運動外套拉鍊。

「學長？」

葉志恆揪住對方扯拉鍊的手，讓向下的拉鍊停住。

怎麼就動手了？他搞不清楚狀況。

他沒有ＡＬＰＨＡ對ＢＥＴＡ動手的危機意識，因為姜仕祺是人品很好的ＡＬＰＨＡ，不存在強迫的可能，他盲目地信任對方。

「這件外套太臭了。你穿我的。」

姜仕祺絲毫不掩飾自己對那件外套的反感。

「喔。」

葉志恆沒有反對。他主動脫掉外套，換上姜仕祺給的機能型防風防水外套，比運動外套禦寒，殘存著姜仕祺溫暖的體溫，還有ALPHA的氣味。

BETA對費洛蒙的氣味不敏銳，但這麼近的距離，他是聞得到的。

姜仕祺的費洛蒙是木質調沉穩的香，和他本人相似，聞著淺淺淡淡、溫和又舒適。

葉志恆被詹利偉的體臭熏太久了，有種從地獄到天堂的錯覺，鼻子不自覺地嗅嗅，將衣領邊的拉鍊也拉上，ALPHA體型的寬大外套，能將他的鼻子包裹住。

他藏著鼻子，瘋狂嗅聞姜仕祺的香氣。

他可能神智不清了。

「走吧。」

姜仕祺幫他連外套的帽子也戴上，完全保護，深怕他著涼。

姜仕祺護送他回宿舍，無視BETA宿舍對ALPHA的門禁，光明正大潛入其中。這時間大部分的人還在上社團課，留在宿舍的人很少。

葉志恆糊裡糊塗，也沒阻止他。姜仕祺大大方方在BETA宿舍走動，拿了葉志恆放在桌上的馬克杯，到樓梯旁的飲水機盛裝溫熱水。

葉志恆坐在自己的座位，被動地接過裝著溫水的馬克杯，聽話地喝下。

每嚥一口溫開水，都能感覺自己更好受一點。

喝完一整杯溫水，他無聲嘆息，向對方由衷地致謝。

「謝謝，不好意思這麼麻煩你。」

姜仕祺半跪在他面前，雙手搭上他的膝蓋。

這是一個略顯親暱的舉動。

「我很擔心你。」

葉志恆垂頭，對上姜仕祺擔憂的神情，心裡莫名其妙地湧上一股委屈。

面對江城峰的威脅，越來越出格的欺壓，他孤立無援，已經快到極限了。

「我已經在找專屬學伴，只是目前還沒有找到適合的人選。」

葉志恆不擅長訴苦，可此時此刻，他十分想跟對方聊聊自己的困境。

「即使有這樣的人，也未必能順利。畢竟和我締結專屬學伴，幾乎等於要與江城峰為敵。」

他好累。

唉。被學長看到喪氣的一面。

算了，反正他們交集不多，而且學長人那麼好，就算示弱也沒關係吧？

儘管狼狽了點，不過學長應該不是個會嘲笑他人不幸的人。

反倒他好幾次拯救自己於水火的舉動，給了自己一股強烈的安心感。

「別找了，你選我吧。」

姜仕祺仰視著BETA，瞳眸裡有光，熱烈的情緒滿溢在眼底。

葉志恆怔愣。

「啊？」

「選我，讓我成為你的專屬學伴。」

姜仕祺再次重複，堅定且明確，沒有半點含糊。

葉志恆怔了怔，簡直不敢相信自己的耳朵，昏沉沉的腦袋努力消化他的意思。

那個傳說中不找專屬學伴的姜仕祺，主動向自己遞出了橄欖枝。

他打量姜仕祺的神情，居然找不到同情的成分，只看出了誠摯又熱切的期望。

這種瞌睡有人送枕頭的事，有一天竟也能輪到自己頭上。

自己需要ＡＬＰＨＡ的幫助，而姜仕祺可謂是最理想的對象。

畢竟他的等級比江城峰高，也不懼怕學校高層，是學校重視的人才。

何況姜仕祺在校的時間並不多，兩人幾乎沒什麼交集。即使被當成小弟使喚，一週也才一兩次，尚在能夠負荷的範圍內。

更別說姜仕祺從不高傲地使喚他人，家教好，又有禮貌。

他不想錯過這千載難逢的機會，於是默默地將手覆蓋在對方手背上，低聲說。

「我選你。但我們是什麼關係？」

姜仕祺動了動喉結，嚥下過分的奢望，將定義的權利交給對方。

「你覺得呢？」

如果對象是姜仕祺的話，單純做他的小弟感覺有點可惜。

不過ＡＬＰＨＡ與ＢＥＴＡ，大概也不能多奢求什麼了吧？

「你聞起來很香，內斂溫和，和你本人很像。」

葉志恆答非所問，自顧自地說著。

「我喜歡你的費洛蒙。」

無論性別如何，費洛蒙、體味都是極度隱私的事。

姜仕祺聽他評價自己的氣味，既開心又羞恥，白皙的肌膚泛著粉嫩的紅暈。

即使感到羞恥，他也沒有迴避葉志恆的目光，只筆直不閃躲地回應著BETA的注視，眼底閃爍著期待的光芒。

肖楠木的香氣縈繞在鼻間，帶著點誘惑的味道，讓葉志恆腦袋逐漸昏沉，不過意識還算清楚。

從對方的反應看來，ALPHA似乎對自己有些好感。

使他多了些底氣，做出算得上冒犯的舉動。

他捧起姜仕祺的臉，微彎著腰，湊近細細打量。

明明是個ALPHA，臉蛋卻既精緻又漂亮、氣質溫和無害，令人不自覺地失去防備，下意識地想親近他。

百聞不如一見，實際相處起來，本人更勝傳說許多，他完全可以理解，姜仕祺為什麼總能像磁鐵般，到哪都能受人喜愛、吸引眾人的關注。

儘管不想承認，可自己也正逐漸一點點地被他吸引。

在姜仕祺刻意的縱容鼓勵之下，葉志恆不禁想試著提起勇氣，拉近彼此的距離。

即便是到畢業前為止的短暫關係也好。
他想試試。
兩人的距離極近，他低下頭，主動親吻姜仕祺，先是蜻蜓點水般的輕吻，意識到自己不排斥與對方親暱後，大膽地舔上他的嘴脣。
如果姜仕祺制止他，他會停下出格的舉動，但他沒有被制止，也沒有被推開。
他甚至感受到姜仕祺的迎合，張開口，接受他試探般的親吻。
葉志恆做得不太好，畢竟他沒有與人交往的經驗，這是他第一次和人接吻，青澀且笨拙，即使如此也做得很認真，像小狗般舔著。
太笨拙了，讓他感到挫敗。
別人都是怎麼做的？他回想著片子裡面的步驟，模仿那樣色情的吻法。
他伸舌探入對方的口腔，試著舌與舌的交纏，彼此探索著，直到他的上顎無預警地被舔了一下，瞬間竄上一股酥麻感。
情慾被點燃。
以前看片的時候，他總以為自己在這方面冷感，實際操作後，才明白原來他也是男人，同樣有著強烈的性慾，新奇的感受，讓他沉迷於接吻。
接吻很舒服，被舔的感覺很癢，即使嚥下不屬於自己的唾液，他也不想停下來。
何況姜仕祺嚐起來很甜，興許是他發燒了、口渴了，才會嚐出甘甜。
葉志恆以坐姿俯身親吻姜仕祺，維持好長一段時間後，他嫌棄姿勢不舒服，乾脆倒在對方身上。無視姜仕祺無所適從的雙手，他摟著對方的脖子，繼續黏黏膩膩的親吻。

姜仕祺手虛攬著他的後腰，面對他失控的舉動，仍保持紳士風度，被動地接受他的胡作非為。

這顯得他像個急色鬼，非禮一名好人ＡＬＰＨＡ，占盡對方的便宜，害他不好意思起來，心想著趕緊停下來，別吻了，做得太過火、太踰矩了。

想是這麼想，但他捨不得停下來。

至少別吻得這麼饑渴。

葉志恆努力緩和，放慢親吻的節奏。

「或許……我們可以試試這種關係。你覺得如何？」

說話時，他沒離開姜仕祺的口腔，每一個字都是貼著他說出口的，微喘著氣，將呼吸渡給對方。

姜仕祺像是就在等他這句話似地笑了，明確地奠定關係，這便是他要的。

他如同解禁般，不再只是虛攬著，而是真真正正地擁抱ＢＥＴＡ，用行動代替他的回答。

他也想要這樣，他也渴望這樣。

由他主導的親吻，與葉志恆的生澀莽撞截然不同，勾勒著舌形，探索著深處，舔上口腔內壁的所有角落，並非一味追求舒適，更傾向瞭解他的構造。他的手也同樣在探索，深入葉志恆的衣內，撫摸著他微微發燙的肌膚，手感滑順，令人愛不釋手。

葉志恆能感受到對方的慾望，不亞於自己，與他差不多的意亂情迷。

這讓他感到亢奮，積極地回應對方，向他開放自己的身體，任由他好奇地探索。而他則沉浸在心醉神迷的親吻當中無法自拔。

在室友隨時可能歸來的寢室，探索彼此的身體，做著親密的事，偷情般的行為，刺激著葉志恆的感官，變得比平時更加敏感。

他似乎從姜仕祺的身上嗅到他溢出來的、淡淡的費洛蒙氣味，沉穩內斂的木質香氣，聞著心曠神怡，但也起了應激反應，頭皮發麻，渾身悚慄。

即使他喜歡這股香氣，不過理智提醒他，這是ＡＬＰＨＡ失控的警訊。

葉志恆受到姜仕祺的吸引，一方面他相信姜仕祺的品格，一方面卻也無法擺脫普通人對ＡＬＰＨＡ的濾鏡。即使姜仕祺表現得再無害，他依舊維持謹慎小心。

「學長……我們應該停下來。」

葉志恆艱難地中斷親吻，靠在ＡＬＰＨＡ的肩膀上喘息著。他才發現自己衣衫不整，上身被摸了個遍，屁股也被揉得發疼。

姜仕祺動作停滯，許久沒有回答。

沉默片刻。

葉志恆見不到他的表情，暗自緊張著，悄悄咽了下口水，害怕對方會向他展現專屬於ＡＬＰＨＡ的那一面。

無預警地，姜仕祺嘆口長氣，同意。

「你說得對。」

在失控前踩下煞車，對任何人來說都不容易，尤其是ALPHA。

相較於其他性別，ALPHA刻印在基因裡的動物性，導致他們的行為更加偏向本能。

由於一衝動起來便不受控制，暴躁偏激，因此野蠻暴力、強者為王，幾乎是ALPHA的代名詞。

姜仕祺克制的舉動，反倒打破了葉志恆對ALPHA的刻板印象。

姜仕祺不掩飾他的狀態，已經到了必須使用浴室解決的地步。

「我能借用浴室嗎？」

「請用。」

葉志恆指了浴室的位置，不敢亂看。

姜仕祺進浴室處理時，葉志恆也換了套衣服，測量體溫後隨即吃了退燒藥。

十分鐘過去，姜仕祺沒出來。

二十分鐘後，人依舊沒出來。

葉志恆開始焦慮，室友們快回寢室了，姜仕祺怎麼還不出來？

ALPHA的性慾原來這麼難處理嗎？

葉志恆本來還預想了一下兩人以後的相處模式，其中自然包含了一些跟剛剛類似的狀況。

結果見此時此刻姜仕祺遲遲不出浴室，似乎沒完沒了的樣子，他的臉色從期待逐漸變得糾結。

我看要不算了吧？

葉志恆沉默地盯著浴室門，怕爆。

第六章 忍一時風平浪靜

姜仕祺穿著皺巴巴的棉麻上衣，上頭處處沾染曖昧的濃稠液體，半乾未乾，散發甜膩的費洛蒙香氣，又混雜著精液的氣味。

先是用小六法無情制裁了王文傑，再到這副衣衫不整卻滿不在乎的樣子，現在不用儀器，葉志恆也能看得出來，姜仕祺的易感期正式開始了。

易感期的ALPHA應該是危險的，充滿攻擊性，生人勿近。

可姜仕祺卻像不受易感期影響似地，臉上帶著淺淺的溫柔微笑。

就連對著電梯按鈕也能溫情脈脈笑一笑，笑容大放送，乍看之下，友善等級反而進階了，令人感受不到他的攻擊性。

電梯門關上好幾秒鐘過去，姜仕祺依舊笑看按鈕，紋風不動。

葉志恆心中了然，隨即按下一樓按鈕。

他不動聲色地觀察那張絕美面孔上的每一個神情，暗自戒備著易感期的ALPHA。

「你開車過來的嗎？」他問。

姜仕祺笑而不語。

「車停在哪裡？」

姜仕祺笑而不語。

「學校的附屬停車場？還是外頭的停車場？」

姜仕祺笑而不語。

算了。

一連幾個問題都沒有得到半個答案，葉志恆索性放棄追問。

看來姜仕祺此時的溫和果然是假象，絕對不是正常的狀態。

他決定自己解謎。開始擅自動手搜刮姜仕祺的口袋，沒多久便在牛仔褲後口袋的位置找到車鑰匙與一枚黃色圓形的停車代幣。

瞬間破案，車鑰匙表示姜仕祺開車了，而停車代幣是學校的樣式，車就停在學校停車場。如果是學校外，離宿舍最近的停車場用的是感應車牌，不會有停車代幣。

葉志恆愉快地推理出結果，目光被車鑰匙跟代幣所吸引。

殊不知他此舉，已經惹來易感期ＡＬＰＨＡ的不滿，不滿意他把注意力放在自己以外的其他事物上。

姜仕祺仍保持淺淺微笑，但眼神多了一絲冷意。

著急送姜仕祺回家的葉志恆無知無覺，隨意地牽著姜仕祺到附屬停車場，找到姜仕祺的車後向他建議。

「我去繳費，你先在車裡等？」

「好。」

姜仕祺口頭答應，不過行為卻完全相反，執拗地黏著葉志恆，如影隨形。

好？好……好吧。

葉志恆不禁懷疑起ＡＬＰＨＡ「好」的定義，不過也只能默默地接受姜仕祺黏皮糖的行為。

十月底的秋天早晨已稍有寒意，他剛才急著出門，隨手套了件短褲短袖，此時正覺得有點涼，而高溫發燒的姜仕祺剛好能溫暖他。

葉志恆縱容ＡＬＰＨＡ在他操作自動繳費機時，貼緊自己的後背，嗅聞他頭頂氣味的舉動，未曾多加反抗。

直到姜仕祺開始不安分地上下其手。

零錢嘩啦啦落下，發出鏗鏗鏘鏘的清脆聲響。

葉志恆彎腰撿回退幣與發票，上衣露出空隙，讓ＡＬＰＨＡ有機可趁，探入其中撫摸他胸前的肌膚。

「等……等等，別亂摸。」

葉志恆出聲制止，並扣住其中一隻作怪的手。

可他忘了此時此刻的姜仕祺不講道理，絕非口頭制止就聽得進耳裡的狀態。

姜仕祺不僅沒停手，還揪住他左胸的乳頭，飽含色情意味地揉捏著。

男人下腹貼緊葉志恆，高高挺起的性器正隔著彼此的褲子，緩慢地磨蹭他的臀部。

明明宣洩了一整晚，ＡＬＰＨＡ的性慾卻仍未得到滿足，濃郁的費洛蒙瀰漫在狹窄的繳費亭內。

無論是馥郁的費洛蒙香氣，或是姜仕祺撫摸捻胸的舉動，全讓葉志恆雙腳發軟，禁不住地哆嗦。

得趕緊阻止他。葉志恆內心警報狂響，卻心有餘而力不足，使不上力氣推開比自己壯碩的ＡＬＰＨＡ。

「放、放手……」

葉志恆微弱抵抗著，試圖扯開姜仕祺摧殘他乳尖的手。

姜仕祺聽不得勸阻，執著地玩弄他胸前的小點，搓得硬挺還不罷休。他埋頭聞著葉志恆的氣味，嗅不到對象的費洛蒙，易感期的他感到煩躁焦慮，呼吸越來越重且急促。

葉志恆意識到危險，一邊喘著大氣，一邊單手摀住自己的後頸。恰好擋住姜仕祺的牙，但手背依舊被咬出一個清晰的牙印。

他額際冒著緊張的汗水，深怕瀕臨失控的ＡＬＰＨＡ做出更糟的行為。他抬頭看向監視器的方向，刻意提醒姜仕祺。

「監視器都錄下來了。我這副模樣萬一被其他人看見，總是不太妥當吧……？」

他大膽地走一步險棋，點燃ＡＬＰＨＡ天性中對所有物的占有慾。

姜仕祺的臉色完全沉了下來，停止捻胸的動作。

「還是你覺得我該把衣服再撩高點，讓別人瞧瞧我這副模樣？」

ＢＥＴＡ撩起衣襬，裝作一副要裸露給別人看的樣子。

此舉完全觸犯到了ＡＬＰＨＡ的逆鱗。

「不可以！」

姜仕祺咬牙切齒，扯回被他拉高的衣襬。他抬眼，衝著監視器的鏡頭，惡狠狠地命令。

「不准看！」

氣勢很凶，但是太蠢了。

葉志恆差點笑出聲。

「對，不給看！走，我們趕緊走！」

葉志恆順勢站直身，收好零錢跟發票，推著憤怒的姜仕祺離開繳費亭，不敢多停留一秒。

姜仕祺的車停在入口附近，離繳費亭僅幾步路的距離。

葉志恆耐著性子，哄姜仕祺坐入副駕駛座，假裝擁抱，實則是為他繫好安全帶。半哄半騙安頓好姜仕祺後，急忙進駕駛座，啟動車子。

每款車的內裝設備皆有所不同，他無比慶幸自己之前開過幾次這輛車，儘管不熟悉，倒也不至於手忙腳亂。他打開汽車空調的外循環，讓新鮮空氣流動進來，想盡辦法沖淡身旁行走的費洛蒙。

「你安分點，我要開車了，不能分心。」

葉志恆叮嚀。

姜仕祺雙手擱在膝蓋，乖巧得像是好學生般，緩緩點頭，答應道。

「好。」

又是一聲好。葉志恆下意識多看他一眼，心想他繫著安全帶，應該不至於胡來。

他左胸乳頭被揉的漲硬，時不時碰觸到棉質的衣物，隱隱作痛著。

事與願違，才剛過第一個紅綠燈，姜仕祺便開始作怪。

副駕駛座上漂亮的ＡＬＰＨＡ解開自己褲子的拉鍊，悄悄地愛撫藏在裡頭的巨物，灼灼的目光緊盯著專注駕駛的ＢＥＴＡ，偶爾發出曖昧的低喘，空氣中瀰漫著濃郁的情慾氣味。

葉志恆猜到姜仕祺正在做的事，但他不敢轉頭看，心臟不受控制地跳著，下腹悶悶漲疼，都怪姜仕祺太過色情，誘得他陷入想要做愛的狀態。

他手指不自覺地輕敲方向盤，憎惡起紅綠燈漫長的讀秒。

從學校到姜仕祺的家總共就十五分鐘左右的車程，不足以讓欲求不滿的ＡＬＰＨＡ獲得舒緩，卻足夠點燃葉志恆的慾望。他聽了一路姜仕祺壓抑的喘息，聞著勾人的費洛蒙，忍了好長時間的情慾，終於在停好車後，乾脆爆發了。

他像隻惡犬般撲向被性慾搞得臉色紅艷的ＡＬＰＨＡ，粗魯地親吻他，邊親邊罵。

「你怎麼能這樣勾引人？都還沒到家，就把褲子脫了，自己摸起來？」

姜仕祺聽不進耳裡，只顧著跟他接吻，好不容易得到對方的理會，他貪婪地勾著他的舌頭，沉迷於和他纏吻。

葉志恆摸向姜仕祺硬邦邦的肉柱，以手丈量他的形狀，竟然還不是最粗最硬的狀態，十五分鐘車程的自慰，對易感期的ＡＬＰＨＡ而言，不過是開胃小菜。

太嚇人了，他最好先讓姜仕祺紓解一次。

「學長，我幫你弄出來，你待會不要太急躁。好嗎？」

葉志恆雖是商量語氣，但沒打算聽他的回答。他抱持著即便姜仕祺拒絕，也要先幫他解放的打算，而且至少一次以上。

他惜命，易感期的ＡＬＰＨＡ憋得太久，等到正式來時，不知道會有多瘋狂。

他熟練地擼著姜仕祺的性器，特別關照冠狀處，膨脹讓溝槽變得明顯，前端溢出透明汁液，正好能做潤滑，發出啾啾啾的水潤聲音，汁液被他弄得亂濺一通。

「怎麼辦，把車弄髒了。先聲明我不會幫你整理。」

葉志恆醜話說在前頭，低頭看著飛濺出來的兩、三顆水滴，手的動作也慢了下來。

「不用擔心，可以讓車廠處理。」

姜仕祺手覆蓋上葉志恆的手，催促他動作。

「別停下來。」

車主不在意的話，葉志恆就敢大膽動作，持續愛撫對方壯碩的肉棒，貼緊他耳朵說些下流話。

「你好色，把水弄得到處都是，這樣會讓車廠的人很困擾吧？」

雖然弄得亂濺的人是他，但他刻意把錯推到姜仕祺身上，顛倒黑白。

「我沒有……」

姜仕祺否認，躺倒在座位上，無辜可憐地看向他。

漂亮又動情的ＡＬＰＨＡ太好看了，葉志恆下意識地咽著口水，一股熱意往腹部猛竄，想看對方更亂七八糟的情慾表情。

「你有，你把我們的手都弄髒了。」

葉志恆提醒他，看向兩人一塊握著的姜仕祺的性器，手被透明汁液弄得溼答答。他刻意掐了一下，下猛藥刺激他。

聽見姜仕祺倒抽口氣，腰部不受控制地往上頂個兩下，竟然高潮，射出白濁的精液。

葉志恆像是中大獎，喜形於色，正要笑出聲。

猛地，他被姜仕祺用力抱緊，勒得他難以呼吸。

姜仕祺粗喘著，摟緊纖細的BETA，壓抑著施虐的衝動，無奈嘆息。

「阿恆，別太壞心眼。」

葉志恆嚇了一跳，不抵抗不掙扎，順從地窩在姜仕祺懷裡，將上身重量倒向他。他現在姿勢特別詭異，半個身體跨過車內中央，被姜仕祺抱著，而腿腳則不得不踩在駕駛座椅上。

「我錯了。對不起。」

他反省自己做過頭了，無心理障礙地道歉。

「嗯……」

姜仕祺沉吟片刻，愛戀地親吻他的頭髮與額頭。

葉志恆的乖順表現，讓他那股湧上的脾氣消散得七七八八，不過他可沒打算放棄為自己爭取好處的機會。

「你打算怎麼彌補我？」

葉志恆靠著姜仕祺的胸膛，認真思考了一下，沒多久便想到個一兼二顧的主意。

「我用嘴幫你弄出來，如何？」

一能表現出他的誠意，二能再紓解一次ALPHA的慾望。

先盡可能地榨乾姜仕祺，之後他會好過點。

葉志恆算盤打得響亮。

「不要太勉強。」

姜仕祺揉揉葉志恆的後頸，手下意識地在摸索他頸後性腺的位置。

葉志恆撩開他的手，儘管明白這是刻畫在ALPHA基因裡的真空行為，但他仍然不喜歡對方無意識找腺體的動作。

他是BETA，不是OMEGA，沒有肥厚的腺體可以讓ALPHA咬。

他從姜仕祺的懷裡離開，趴伏在他身下，面對他將要服侍的對象。

ALPHA的陰莖呈粉色，上頭還有剛噴出的精液，散發出精液特有的羶腥，以及濃郁的費洛蒙香氣。

太色了。

他扯著姜仕祺的棉麻上衣，擦去上頭的汙穢，打掃吸吮的覺悟太高，他目前還做不到，徹底擦乾淨後，他才願意張口。

ALPHA的陰莖尺寸比BETA大得多，是兩個完全不同的量級。

他單手扶著的陰莖底部，舌頭在龜頭胡亂畫著圓圈，偶爾勾挑前端的孔洞，再緩慢吞入口中，舔著性器上突出的血管，用自己的口水濕潤整根，漸漸推進，越吞越深，直到觸及他的極限為止。

「唔——」

葉志恆發出悲鳴，立即退出一些，確認好自己能吞到的深度。

姜仕祺的手搭上他的後背，來回摩挲，安撫他、鼓勵他。

他開始上下吞吐，模仿性交的動作，用心服侍這根大肉棒。他口腔被充滿，深吞淺吐，弄累了就吸吮前端，接連不斷給予刺激。

「哈啊……」

姜仕祺喘息著，安撫的動作完全停下，輕輕擱在他後背上，專注地感受溫熱口腔給予的刺激。他能感受到自己的肉刃不停地摩擦到對方上顎，想要用力頂腰，猛操一通，但他憐惜葉志恆，捨不得他太受罪，只敢小幅度頂撞兩下。

姜仕祺肌膚上染著動情的紅豔，垂眼盯著認真吞吐的葉志恆，感受他口腔吸吮的力道，就快要被他吸出來了。

「差不多了。」

姜仕祺提醒他，輕拍他的後背，讓他退出來。

葉志恆悶哼，表示聽見了，卻沒有吐出的打算，還火上加油，用力吸出簌簌聲響。

「等等……你！」

姜仕祺就這樣在他口中交代出來，既爽又慚愧，趕緊抽衛生紙，遞給他吐出穢物。高潮兩次的他，稍微清醒過來，理智回歸。

葉志恆接過衛生紙，呸地吐掉口中的精液，一臉得意，沒花多少時間就能讓ＡＬＰＨＡ射兩次，還沒用到屁股，他真是太有效率了。

不枉費他花心思學習增進這方面的技巧。

高效做愛就是讚。

資優生葉志恆在各個方面，都能展現出他擅長學習的能力。

姜仕祺見他嘴角不自覺上揚且得意洋洋的表情，猜都能猜到葉志恆的心思。

可愛得讓人心癢難耐。

「阿恆，讓我摸摸你。」

他伸手拉起葉志恆，將人抱在懷裡。在高潮過後，盡情享受肌膚之親，不要有衣服的阻礙，要真真正正碰觸到他的身體。

葉志恆躺靠在姜仕祺身上，任由他的手探入衣內摸索，一手往上揉著乳粒，一手往下深入內褲，摸到最隱蔽的部位。

「你這裡……」

姜仕祺貼緊他耳朵，準備說出他的狀態。

葉志恆打斷他，頭靠在他肩膀，仰頭瞪著他，惱羞警告。

「不准說！」

內褲裡頭藏著勃起的性器，流出羞恥的水狀體液浸濕布料。

他在為自己吞吐時，也亢奮得有了情慾的反應，

思及此，姜仕祺不可能放任不管。

「輪到我幫你。嗯？」

雖然他語尾上揚，用詢問的口氣，卻沒給葉志恆拒絕的機會。

姜仕祺用葉志恆最喜歡的方式撫弄，他喜歡緩和點的節奏，要從上方擼到根部，連同興奮到飽脹的雙球也給予照顧，另外捏著乳首不斷給予刺激。

葉志恆喘著大氣，沒喘好幾口氣，就被姜仕祺吻住，靈活的舌與他纏綿。

普通BETA抵擋不住這樣的多重刺激，更何況還有費洛蒙誘發的刺激，撐沒多久便高潮射精，前後可能不到五分鐘。

比起丟臉，葉志恆更多的是擔憂。

他可沒ALPHA那麼好的精力，每次射精都很消耗體能，次數多了甚至連腦袋也會不太清醒。

射後的賢者時間，他格外無情，提醒姜仕祺。

「先聲明，我最多出來三次。浪費我能做的次數，你會後悔的。」

姜仕祺愣了愣，露出懊悔表情，還感到委屈。

「總不能放著你那樣的狀態不管。剛剛那次能不能不算？」試圖據理力爭。

「不行。反正扣一了，只剩下兩次。你珍惜點。」

葉志恆抹一把臉，出了一身熱汗，通體舒暢。他爬回駕駛座，催促姜仕祺下車。

「趕緊下車，我要在舒服的大床上做。」

直白得毫無情趣。

即便如此，姜仕祺仍覺得他可愛得要命。

地下室停車場燈光全開，空間裡寬敞明亮，看哪都十分清楚。

葉志恆打開車門，一隻腳才剛踩出去，便看到自己把車停歪了。

這輛車哪都好，唯獨沒有環景系統，對菜鳥駕駛極不友善。

他低頭瞪著地上的白線，車體呈斜線，將長方停車格切成兩個三角形。

撨或不撨，這是個問題。

「怎麼了？」

姜仕祺從副駕駛座走到他面前。

「車停歪了。」

葉志恆示意他往下看。

「沒關係，旁邊也是我的停車格。」

姜仕祺不以為意，彎腰握住他的手，拉他出來，順手拿走車鑰匙，並將車門闔上、感應鎖車。

「你一個人占兩個停車格？」

葉志恆感受到鈔能力。

「我家是兩戶打通，本來就能買兩個停車格。這樣我爸媽來的時候也有位置停車，不用在外面找車位，挺方便的。」

姜仕祺解釋時，他們已經來到電梯口。

電梯從高樓層往下，正好停在停車場的樓層。

叮的一聲，電梯門開啟，裡頭一對男女正在擁吻。男的顯而易見是個體型嬌小的OMEGA，穿著一件滿是蕾絲的絲質上衣與露臀肉的極短牛仔褲。女的則是個高大帥氣的ALPHA，身穿西裝，手上拎了個公事包。

電梯裡的費洛蒙氣味並不重，顯而易見，兩人都不是特殊時期。

面對兩人親得嘖嘖作響的場景，姜仕祺保持禮貌的微笑，看在眼底，又像是沒放在眼裡，平淡地無視他們。

葉志恆不習慣直視他人親熱的場面，所以下意識地利用姜仕祺身形擋住視線，眼不見為淨。

「有人！」

親得忘我的一A一O終於注意到電梯外還有人，分開後還演了一段離情依依。

「寶貝我先上班了。晚上見。」

「晚上見，我會很想很想妳。」

然後又親了。

電梯門關上，裡頭的人還在裡頭，外頭的人還在外頭。

門再開時，女ALPHA整理自己的領帶，舔著嘴角，一副饜足的模樣，無視等在外頭的兩人，越過他們往停車的方向走，頭也不回。而男OMEGA則是靠在角落，喘著大氣，目送ALPHA離開。

「要上樓嗎？」

男ＯＭＥＧＡ緩和後，詢問他們。

姜仕祺點頭，始終維持禮貌，護著葉志恆進入電梯，選了與男ＯＭＥＧＡ對角的位置，正好離樓層鈕最近。

「六樓，謝謝。」

男ＯＭＥＧＡ道出自己的樓層。

葉志恆幫忙按六樓，接著是姜仕祺的樓層。

「咦，這味道？」

男ＯＭＥＧＡ用力嗅聞，ＡＬＰＨＡ強烈的費洛蒙與熟悉的精液氣味，讓他驚訝。

「易感期？」

葉志恆不禁感慨性別果然有差，ＯＭＥＧＡ天生比ＢＥＴＡ敏銳得多，輕易就能察覺到ＡＬＰＨＡ的異常。

他握緊兩人相牽的手，忽然有一點害怕身旁的ＡＬＰＨＡ會突地轉身，撲向那位超辣的ＯＭＥＧＡ。

「你找ＢＥＴＡ解決？不行吧？兩邊都會很辛苦。」

男ＯＭＥＧＡ將頭髮撩到耳後，對著姜仕祺猛送秋波，可惜無果，對方只專心守著他的ＢＥＴＡ。

他大膽邀請。

「我接下來很閒，可以助你們一臂之力。」

這位一定是優質ＡＬＰＨＡ，光是聞他的費洛蒙，他下面就濕了。
「不好意思，你的樓層到了。」
姜仕祺提醒他，客氣又禮貌。
聽聞，葉志恆抬頭看向指示器，電梯才剛到四樓。
「啊？」
男ＯＭＥＧＡ愣住，一時間搞不懂他是什麼意思。
「你的樓層到了。」
姜仕祺重複。
接著抵達六樓，叮的一聲，開啟電梯門。
「再見。」
姜仕祺向他道別，終於與他對上視線。
「等等，你好好考慮，我可是ＯＭＥＧＡ耶！」
男ＯＭＥＧＡ不願意認輸，還想爭取。
「再見。」
姜仕祺再次道別，示意門外，請他離開。
男ＯＭＥＧＡ惱羞成怒，一邊叫囂他會後悔，一邊跺著腳、扭著腰，不情不願地離開。
葉志恆快速按下關門按鈕，情緒特別不爽。
他知道男ＯＭＥＧＡ說的是實話，ＡＬＰＨＡ跟ＯＭＥＧＡ是天造地設，ＡＬＰＨＡ的慾望由ＯＭＥＧＡ滿足最符合自然法則。

鬱悶。

第七章
退一步海闊天空

姜仕祺的住所是兩戶打通的，四房兩廳兩衛兩陽台，空間舒適寬敞，整體呈現暖色調。室內以自然色的燈光及統一純色的石英磁磚居多，角落養了幾株綠色盆栽，既清新又可愛。

姜仕祺負責開門，葉志恆隨後入內，空氣中瀰漫著屬於家的氣息，與宿舍的感覺截然不同。

葉志恆不自覺地深吸了幾口氣，明明是別人家，卻有種回到自己家的錯覺。

他為兩人做了規劃，自己負責弄早餐、做簡單的整理，而衣衫不整、沾染曖昧體液的姜仕祺則先去洗澡。他堅定打消了姜仕祺想跟自己一起洗的念頭，無意間展現出排斥親近的態度。

姜仕祺妥協，進浴室前，親吻葉志恆的額頭，嘆口氣，說道。

「我聽你的，你別不高興了。」

葉志恆摸著額頭，錯愕地目送他進浴室。

即使他覺得自己將情緒藏得很好，卻還是被姜仕祺看穿。

剛才那位男OMEGA說的話，讓他情緒變得很差，突然不想面對姜仕祺。

ALPHA注定與OMEGA在一起。

姜仕祺的未來絕不可能選擇一個BETA，而是與某個OMEGA相守。

思及此，心情就像在懸崖邊踩空、從高空墜落般，摔得體無完膚，大受打擊。

當初開始這段專屬學伴關係時，他給自己的心理預期是畢業即結束，如同其他學長姐那樣，不會長久在一起，有明確的時效。
結果現在卻因一個眾所皆知的事實而大受打擊，真是太不像樣了。
這種負面情緒不應該存在。
姜仕祺什麼錯都沒有，他甚至拒絕了OMEGA的主動邀請，選擇自己這個無法真正滿足ALPHA慾望的普通BETA。
應該要開心才對。
葉志恆回過神，憑印象翻找出ALPHA專用藥，放到餐桌上，接著倒了兩杯水，一杯自己喝，一杯留給姜仕祺。接著打開冰箱，利用裡面現有的食材，做兩人份的三明治。
他將三明治放上餐桌後，到自己專用的客房拿出一些必需品，才進客用浴室清洗身體，做點事前的準備。
接下來要承受異常狀態的ALPHA，準備過程不能馬虎。他在浴室花了不少時間，出來時僅套一件寬鬆棉T，勉強遮到臀部，一雙腿只能暴露在外。
客用浴室與餐廳相鄰，他很快就見到了穿著黑色浴袍的姜仕祺坐在餐桌前，單手把玩著藥瓶，裡頭的藥丸輕敲瓶身發出聲響，等待他一塊用餐。
若是正常的姜仕祺絕不會製造這樣細碎的聲響，這舉動展現他正處於易感期的特性。耐性變低、容易煩躁、精神敏感。
「久等了。」
葉志恆從他手中抽走藥瓶，擺正，而後入座。入座後，他看了姜仕祺一眼，確認他開始用餐，才跟著開動。

姜仕祺舉止端正，看不出是個正處於易感期特別暴躁的ＡＬＰＨＡ，僅能從細枝末節找到端倪。

用過早餐，葉志恆敦促他服藥。他讀了瓶身貼的用藥建議，特殊時期的ＡＬＰＨＡ服用三至七粒，每日勿超過七粒。

他眼睜睜看著姜仕祺倒出七顆藥丸，就水，一口吞下。

「一口氣吃七顆？會不會太多？」

葉志恆皺眉，相當不贊成。

「這藥對我不是很有效果。」

姜仕祺趁機賣慘。

「這段期間，我一直靠藥熬著。熬不過去，就跑去找你了。」

殊不知賣出一個反效果。

「ＡＬＰＨＡ找ＢＥＴＡ也沒用啊。」

葉志恆鬱悶，撿起藥瓶，再閱讀一次用藥建議。

藥吃到七顆，很傷身吧？

他幫不上姜仕祺的忙，清晰認知到自己的無能為力。

姜仕祺起身，來到葉志恆面前，雙手捧起他的臉，察覺到他的鬱悶，疑惑道。

「你怎麼了？」

「我不想說。」

葉志恆拒絕溝通。

姜仕祺沉默，始終上揚的嘴角竟垮了下來，目光陰沉，使人發怵。

葉志恆這才想起他們曾經約定過，不能迴避或是拒絕交流。他慌忙彌補，拉住黑色浴袍一角，皺眉想著要怎麼解釋他此刻的情緒。

「你讓我想想。」

「慢慢想。不著急。」

姜仕祺緩和許多，大有葉志恆需要想多久，他就願意等多久的勢頭。

葉志恆不得不在他面前剖析自己的負面情緒。

「我不贊同你吃這麼多藥，可我也沒有立場阻止你。我只是個幫不上的BETA。我大概是……我大概是嫉妒剛剛那個OMEGA。如果是OMEGA的話，就能很快解決你現在的狀況。」

葉志恆艱難地坦承，他像個鴕鳥閉上眼，不敢回視ALPHA過於直接的視線。

他坦承了，不算違背約定。

姜仕祺掐著他的臉頰，往外拉扯，氣到笑出聲。

「槽點太多，害我不知從何下手。」

「唔。」

葉志恆向來識時務，放低身段，開口求饒。

「請高抬貴手。」
「其實有點高興，你嫉妒那位OMEGA，原因是我。光這點就非常值得獎勵。」
姜仕祺很欣慰，從中感受到對方對自己的在乎。
聽到獎勵，葉志恆眼睛瞬間亮起，做著不切實際的期待。
「那能少做幾次嗎？」
想想不犯法。他就想想。要是成真了呢？
「很遺憾——」
姜仕祺拍拍他的肩膀，無情宣告。
「得獎者沒有選擇獎品的資格。」
對此，葉志恆並不意外，撩開他的手，站起身，拉開他浴袍上的束帶。清洗乾淨的ALPHA渾身乾爽，散發出的費洛蒙混雜沐浴乳的香氣，聞起來十分誘人。
葉志恆雙手環上他精壯結實的腰，身體貼緊他，親吻他厚實的胸膛。
親一口，氣氛頓時變得情色。
明知道易感期的ALPHA很容易點燃，他仍選擇主動，抱持著早晚都要面對，不如儘早解決。
何況，他不討厭跟姜仕祺做愛。
甚至可以說是非常喜歡。
「學長，告訴你一個小祕密。」

葉志恆悄聲說話，似乎不是真的想說給他聽：「我剛剛在浴室裡，自己擴張過了。」

他將臉埋進姜仕祺的胸，貼得太近，能聽見對方加快的心跳聲，害得他跟著心跳加速。

「學長，你……」

話未說完，葉志恆便被姜仕祺整個人扛起。

ALPHA將他一個一七三公分的男BETA像沙包般扛著，一路搬運到主臥室的大床。放下他時，又像是對待脆弱嬰兒般溫柔小心。

葉志恆順勢躺倒在床上，只穿著上衣的他，下半身裸空，雙腿曲起，將自己最羞恥的部位展現給對方看。

讓姜仕祺看見，他不僅做了擴張，還在那處捺了個肛塞，維持隨時能上的狀態。

這對姜仕祺來說，太過刺激了，思路活絡，想像葉志恆一個人是如何做擴張，還用了肛塞，在浴室花了漫長的時間，做足與他相愛的準備。

「應該由我來做。」

姜仕祺亢奮中，又帶點遺憾，錯過了幫葉志恆催開的過程。

他走向BETA的雙腿之間，一手搭上他的膝蓋，以拇指摩挲肌膚，另一手握住肛塞底座，輕緩地抽出。他知道阿恆已經擴張好了，但他不急著進入正題，像是要彌補自己錯過的過程，他用肛塞最肥厚的部位，反覆抽插著葉志恆的裡面。

「嗯……嗯啊……」

葉志恆的敏感處被反覆刺激著，壓抑不住地呻吟。

「阿恆，要抽出來了嗎？」

姜仕祺又把肛塞頂到底，惡質地發問。

「快、快點抽……抽出來！」

葉志恆邊喘邊說話，要不是爽到使不出力氣，他真想踹飛作怪的ＡＬＰＨＡ。

「真的要抽出來嗎？」

姜仕祺假裝猶豫，偷偷地淺淺抽插著肛塞，扶著自己硬挺的陰莖，抵到會陰處，讓葉志恆感受他的尺寸，說著下流話。

「抽出肛塞後，要把我的這個放進去。這可是肛塞的好幾倍……嗯？」

葉志恆清晰地感受著他巨碩的男根，貼緊他的會陰，挑動他情慾。

「會摩擦到很深的地方喔。舒服的點，一下子就能碰到了。」

姜仕祺下流話說個沒完沒了，越來越煽情。

「你快點啦……」

葉志恆難耐得想哭，動了動腳，想踹人，但力氣太小，被姜仕祺一把抓住腳掌。

姜仕祺親吻他的腳背，終於爽快地抽出肛塞，換上他高昂巨碩的陰莖，磨磨蹭蹭地擠進做好潤滑的腸道，將花朵般的褶皺大大撐起，還壓著他的腿，用極具挑戰的姿勢頂到最深處。

「啊！嗚！嗚嗯！」

葉志恆忍不住發出悲鳴，不是因為窄緊的腸道被巨碩的肉棒頂開，而是他柔軟度不足，大腿連接處像是要被撕裂開了。

姜仕祺無慈悲，推到底後，才放開壓著他的腿，不為難他僵硬的身體了。
「對不起，弄痛你了。」
姜仕祺哄人的口氣，彷彿他不是故意用困難的姿勢，貼心地揉著他的大腿根部。
葉志恆淚眼汪汪，憤怒控訴。
「你是、惡魔嗎？」
「不是。我對你很溫柔的。都是易感期的錯。」
姜仕祺十分敢說，厚著臉皮，拿易感期當理由。
ALPHA的臉皮大約有城牆那麼厚。葉志恆拳頭硬硬的。
姜仕祺俯身親他，卻被咬了一口。被葉志恆咬了鼻子後，他憋著笑，趕緊認錯道歉。
「對不起，下次不會了。」
哼。哼。葉志恆鼻子噴氣，憤憤不平地警告。
「你要是再弄痛我，下次就夾斷你這根！」
一個用力夾緊。
姜仕祺悶哼一聲，倒在他身上，差點就洩了。
「知道厲害了嗎？」
葉志恆得意的口氣。誤以為姜仕祺倒下，是因為被他夾痛的關係。
太厲害了。
可愛得太厲害了。姜仕祺抱緊葉志恆，強行忍著蠢蠢欲動的獸慾。

「我知道了。」

姜仕祺順著他的話答道。

葉志恆滿意他的態度，雙腿環上他的腰，明明是躺著的人卻意外強勢。

「很好，現在，你可以小幅度地動一動。」

語畢，他自己先扭腰，調整姿勢。

姜仕祺沉沉地吐出口長氣，暗自咬牙，壓抑衝鋒的欲望，聽話地慢吞吞地擺動，耐心等待對方適應自己。

「嗚嗯……嗯……」

葉志恆配合地調整位置，感受著比平時更漲大的性器擠壓他體內，頂到敏感處時，甚至差點尖叫出聲。

他喘了口大氣，拍拍姜仕祺的後背。

「可以了。你來吧。」

姜仕祺得到應許，鬆開擁抱，直起身扣住BETA的腰，又緩緩磨了幾下，輕輕頂弄著裡頭，知道自己碰到了敏感點。

葉志恆單手握著自己的男根，不是為了撫弄它，而是怕自己太快爽到射，得做一個保險。僅剩的兩次機會，不能隨隨便便交代出來。

隨著姜仕祺擺動的幅度越來越大，他的聲音不可控制地洩出，身軀隨著對方搖擺，他不得不伸手撐著ALPHA的手臂，才勉強穩住自己。

葉志恆想叫他動作放緩點，但光是調節呼吸就忙不過來，而呼吸之間的每一口全是ALPHA濃郁的費洛蒙，侵入他的肺部，誘發他的應激反應，亢奮得快高潮了。

「阿恆，等下我稍微粗魯點，可以嗎？」

姜仕祺抓著他的腰，等了一會沒得到回音，就當他默許了，肏幹的速度逐漸加快，猛蹭著對方舒服的位置，不停地來回疼愛。

「停！停！」

葉志恆急忙喊停。

「快出來了……」

即使握緊性器，仍有曖昧的體液冒出。

身體相性太好，在這種特殊時刻，倒是成了困擾。

「還不、不可以……射……」

葉志恆煩惱。

「太、太快……」

「沒關係，出來吧。」

姜仕祺親親他，鼓勵他別在意太多，盡情享受。

像是受到催眠般，葉志恆下意識地擼了兩下，身體裡面跟外面都得到撫慰，他沒撐太久，腳趾捲曲，再次達到高潮。

然而，姜仕祺沒有因此停下來，仍猛烈進攻，脹大的陰莖被緊緊包裹著，而飽滿的龜頭反覆摩擦對方最敏感的位置。

葉志恆高潮後的身體變得疲鈍，呻吟聲也有氣無力，最後帶了點哭腔。一股異於普通高潮的爽感襲來，他感覺自己被肏得快要變成另外一個人。

他想求饒，還發不出完整的聲音，只剩下破碎的呻吟。

「阿恆，怎麼辦……忘記戴套了。」

姜仕祺快射時，才內疚地提起。

葉志恆閉上眼，想哭，連掙扎的力氣都沒了。易感期的ＡＬＰＨＡ這麼失控的嗎？

昨天讓他自己搞的時候，也沒這麼反常啊。先是粗魯地壓他的腿，接著是明知道他已經高潮了還不放過他，現在告訴他沒戴保險套。

等等！

倏地，如醍醐灌頂般，葉志恆察覺到問題所在，是因為昨晚長時間的等待，導致姜仕祺現在的失控。換句話說，ＡＬＰＨＡ忍耐太久，逐漸變態了。

此時，姜仕祺在高潮前，咬牙退出，沒有射精。

他忍住了，難受地悶哼，喘著氣，笑著邀功。

「阿恆，我沒射在裡面。」

斗大的汗珠從姜仕祺額際落到葉志恆的腹部，兩人都喘著大氣，姜仕祺忍得辛苦，尤其沒得到滿足的性器特別猙獰。

葉志恆手肘拄床，坐起身，看向ＡＬＰＨＡ巨碩的男根，抵在他大腿側的肌膚，把那塊肌膚弄得黏黏糊糊，看著可憐兮兮。
他嚥下口水，開始擔心ＡＬＰＨＡ再忍下去會壞掉。
「學長，沒關係，你現在可以不用忍耐了。」
葉志恆鬆口，捨不得姜仕祺受委屈。
況且要是再讓易感期的ＡＬＰＨＡ忍到變態，最後承受的還不是他這個可憐無助的弱小ＢＥＴＡ。
「可以嗎？」
姜仕祺受寵若驚。
「對我這麼好？」
「事後的按摩跟清洗，你得負全責。」
葉志恆讓步，摸摸自己的後穴。
裡頭相當濕潤，他用兩指撐開柔軟的穴口，向ＡＬＰＨＡ邀請。
「你可以射在裡面。」
姜仕祺吞咽口水，招架不住，再次將凶物送進ＢＥＴＡ的體內，感受窄緊的包裹。
「唔！」
又被猛力頂開的衝擊感，讓葉志恆悶哼出聲。
他們換了個姿勢，改成後入的方式，姜仕祺扯了個抱枕，墊在葉志恆的腹部，臀部自然翹起，正好是他趴伏下去的弧度。

姜仕祺的重量壓下來，恰巧讓葉志恆動彈不得，ＡＬＰＨＡ扣住ＢＥＴＡ的上身，開始擺動起腰，每下都捅得極深，展開全新一輪肏幹。

好重。葉志恆被壓得有點喘不過氣，但還在可接受範圍。對他而言，後入式最舒適，身體可以很放鬆，覺得自己嗯嗯啊啊亂叫太丟臉時，還可以把臉埋在枕頭裡面，掩蓋淫浪的叫聲。

葉志恆反手抱著枕頭，試圖把臉埋進枕頭裡，當幾分鐘的鴕鳥。

「不行。」

姜仕祺看穿他的意圖，手捧著他的下巴，微微往上抬，不許他藏住臉。他俯身貼緊葉志恆，扳著他的頭，跟他纏纏綿綿地接吻。

每當這時候，葉志恆都能強烈感受到自己被姜仕祺深愛著。因此即使身體被壓制、被支配，他也完全不恐懼，心甘情願地配合對方，甚至想貼得更緊密一點。

「阿恆，好喜歡你。」

姜仕祺甜蜜喊著，結束親吻後，還黏著他的臉，從臉聞到後頸，尋找他動情時費洛蒙的味道。

ＢＥＴＡ在動情的狀態下，也會洩出淡淡的費洛蒙。但不像ＯＭＥＧＡ或ＡＬＰＨＡ那樣濃重，ＢＥＴＡ稀薄的氣味必須仔細嗅聞，才能找到。

葉志恆的費洛蒙像是雨後的青草味，潮濕且清新。姜仕祺喜歡他的費洛蒙，尤其是聞到ＢＥＴＡ的費洛蒙，代表對方正處於動情的狀態，這樣的認知能鎮定他曖昧不安的情緒。

他對阿恆說過了好幾遍喜歡跟愛，可阿恆卻鮮少主動回應他，彷彿只有他一個人在這段關係裡意亂情迷，越陷越深。

他貪婪地嗅聞葉志恆的費洛蒙，在他後頸蹭來蹭去，低喃。

「阿恆，偶爾也哄哄我。」

哄？葉志恆皺眉，認真思考。

「你把我填滿了……這個姿勢很舒服。慢慢來的話，我很喜歡。」

這是在做愛進行中的當下，葉志恆能想到的情話。

姜仕祺不滿意，不是他想聽的話，這個BETA根本沒有浪漫的慧根，一根都沒有。

「我想聽的是你也喜歡我……之類的。」

他不得不正面引導，要求對方說些自己想聽的話。

葉志恆啊了一聲，恍然大悟，一副你早點說嘛的反應。

「我喜歡啊！」

葉志恆從善如流，積極配合，為了更有說服力，他給了明確的理由。

「最喜歡跟你做愛了，超舒服。」

姜仕祺磨牙，勸自己不要深想，喜歡跟他做愛，四捨五入也算是喜歡他。

渾然不覺的葉志恆還在細數他喜歡的幾點。

「臉長得漂亮，身材很棒，賞心悅目又契合。技巧是我們一起從零開始學的，所以都是我們喜歡的方式……」

ALPHA最後還是沒繃住，氣得開口就往他後頸咬。

這次葉志恆沒有半點防備，他倒抽口氣，突然緊張起來，身體倏地緊繃，不過沒多久就放鬆下來。

姜仕祺終究捨不得用力，只用牙齒輕輕磨他後頸的皮膚。

「生氣了？」

葉志恆聲音刻意放軟，伏低做小，隨時準備認錯。

講情話是他的罩門，但莎士比亞的情詩倒是還行。現在開始朗誦十四行詩有救嗎？

「沒有生氣。」

姜仕祺口是心非。

「你生氣了。」

葉志恆用肯定句，咬起手指，一本正經詢問。

「十四行詩……」

「沒有用。」

姜仕祺打斷他，猜到他打算說什麼，明確告訴他朗誦十四行詩於事無補。不忘拉開他的手，不准他咬手指。

葉志恆總覺得過意不去，慚愧地道歉。

「對不起。」

一聽到心愛的BETA道歉，姜仕祺心裡就不好受。他不想聽他道歉，他只是想聽甜蜜的情話而已。

擅長學習的葉志恆背得出十四行詩，卻學不會講情人間的甜言蜜語。

他不應該強求，反正只要知道葉志恆對他不是無動於衷就好。

姜仕祺聞著從葉志恆身上散發出的淡淡費洛蒙，得到慰藉，心安泰半，果然身體是最誠實的。

先這樣吧……剩下的，只要自己再多努力一點、再多付出一點，那麼至少可以消弭一點自家寶貝的不安吧？

第八章

前事不忘後事之師

葉志恆大一下學期。

託姜仕祺的福，他的校園生活逐漸步上正軌。

成為姜仕祺的專屬學伴後，兩人的關係隨之改變，不再只是普通的學長學弟，碰面的機會顯著增加。

姜仕祺比他想像得積極，起初是一周兩次請客吃飯，現在則是可以隨時進出對方家裡。

葉志恆覬覦姜仕祺家裡的獨立書房，當他需要個人空間，又搶不到圖書館位置時，在取得姜仕祺的同意後，他會特地搭車來到ALPHA的家，接著直往五坪大的書房裡鑽。

姜仕祺家的書房，現在跟他的備用自習室差不多。書架上有了他陸陸續續帶來的工具書，偶爾也會過夜，客房裡屬於他的物品跟著逐漸增加。

姜仕祺脾氣好、待人有禮，態度親和，相處時和暖舒暢，毋庸顧慮性別或階級。

和他相處時，沒有一般BETA面對ALPHA時的壓力，葉志恆甚至越來越喜歡和他相處的時光。

兩人在一起時，總不自覺地靠在一起，比任何人都親近。

他們交集增加、肢體接觸也多，從不避諱他人，學校裡開始有了兩人關係很好的傳聞。

對葉志恆來說，這樣的傳聞是利大於弊，那些想藉由找他麻煩而向江城峰投誠的嘍囉大幅減少，而江城峰忌憚於姜仕祺的聲望，也不敢再明目張膽地針對他。

光是關係變好的傳聞，就能達到如此效果，已經達到他想要的目的，不需要進一步利用專屬學伴的名頭。

因此，他並沒有和任何人提過，姜仕祺是他的專屬學伴。

不過當有人用調笑的口氣，試探性地詢問他類似問題時，他也從不否認。

更何況姜仕祺不找專屬學伴的傳說，早已根深蒂固在眾人的心中。

即使他承認，眾人大概只會覺得他在開玩笑，嘻嘻哈哈地帶過。

對此，葉志恆一貫的態度就是懶得解釋。

實際上他相當清楚，自己的行為基本上跟趨炎附勢沒什麼兩樣。

儘管不到引以為恥的地步，可也絕對沒有四處炫耀的必要。

六月五號，禮拜五，今天是X月的第一個禮拜五，是他與黃明宇碰面的日子。

黃明宇出事時，葉志恆一直陪在他身邊，和他一塊搭乘救護車，在醫院等待。直到他的家人出現，他才離開醫院。

當時的黃明宇痛苦又恐懼，失去語言能力，六神無主，是葉志恆鎮定地協助他填寫各項基本資料。葉志恆因此記住他的名字、生日年月分、身分證字號、地址與電話號碼。

在黃明宇轉學後，葉志恆主動聯繫他，於每個月的第一個禮拜五見上一面，儘管沒有明確約定，卻成了兩人的例行公事。

他們不算是朋友，即使見面，也說不上幾句話。

黃明宇嘗試努力走出那一日帶給他的巨大陰影，他可以跟其他人正常談話，結交新的朋友，開啟新的校園生活。唯獨面對葉志恆，他連說出完整句字都做不到，彷彿回到那一天，失去語言能力的狀態。
每次見到葉志恆，如同再次揭開未痊癒的傷疤，裡頭鮮血淋淋。
矛盾的是，葉志恆又代表他得救的希望。
他害怕見到他，同時也想見到他。
葉志恆從學校附近搭公車，花費十五分鐘的車程，抵達對方的學校。
他和黃明宇會面後，再搭乘計程車，來到稍遠的餐廳。
過程中他們沒有交談，引得計程車司機頻頻用後照鏡打量他們，而黃明宇顯得非常神經質且緊張兮兮。
不怪司機的異樣眼光。
葉志恆不動聲色地觀察他，過瘦的身材，偏向柔弱的氣質，抑鬱且弱勢。
六月的天氣開始轉熱，而黃明宇還穿著一件長袖襯衫，為了遮掩他無數次的自殘痕跡。
葉志恆無意間見過一次，從而得知他的狀態沒有其他人以為的正常。
他沒有揭穿黃明宇的掩飾，裝作若無其事，像平常般與他相處。
沉默的搭車、沉默的用餐，沒有特意的交談。
葉志恆不說類似加油或強灌他人成功的心靈雞湯，從來不要求黃明宇走出陰霾。
本人已經很難受的事，不需要其他人再提點兩句。
更何況有些傷本來就不會癒合，走不出來也沒關係。
不要勉強。

往好處想，從一開始他吃飯吃到一半會突然爆哭，過渡至身體無法控制劇烈顫抖，到現在他們能夠好好用餐，情況正在好轉。

按照慣例，葉志恆陪他吃完一頓飯後，再送他回學校。

離別前，黃明宇變得茫然又急躁，用有所求的眼光，無聲地向葉志恆請求。

葉志恆靠近他，給他一個大大的擁抱，拍拍他的背，低聲說。

「沒事了，我們下個月見。」

如同葉志恆曾經做過的每一次，一個不帶任何慾望的擁抱，他們甚至算不上朋友，但黃明宇需要這個擁抱，能讓他有動力活到下一個月。

這個從泥濘中找到他的人，直到現在還努力拽著他的手，試圖救他。

黃明宇鬆了口氣，又因分別而難過。

下個月還想再見到他。黃明宇想。

下個月還要再見到他。葉志恆想。

回程時，葉志恆沿著原本的路線搭公車回去。

他一個人坐在後排的雙人座，下午兩點的陽光透過車窗灑在他身上，卻揮不去他內心無能為力的空虛感與重重陰霾。

時間是下午一點二十六分，距離下一個行程還有約半小時的時間。他提早幾站下車，在路上隨意找間咖啡店，買杯咖啡消磨時間，順帶沉澱低落的情緒。

咖啡廳裡客人不多，三三兩兩分布，大部分是攤著書本、準備考試的考生。他選了較隱祕的座位，拿出手機，點開昨晚未讀完的資料，認真研究起來。

今天的學習主題是ALPHA和BETA如何做愛，事前準備SOP，以及令雙方神昏顛倒的技巧，諸如此類的文章。葉志恆海量閱讀，資料中偶爾也會出現一、兩篇真假難辨的創作幻想文，讓人越讀越不對勁。

對初學者來說，錯誤的資訊令人非常困擾。

他讀得認真，不輸其他同在咖啡廳學習的考生。

葉志恆沉浸於學習，一邊研究資料，一邊代入自己與姜仕祺的角色，臉熱得不行。

下午兩點的鬧鐘準時響起，他關掉資料，將自己的位置分享給姜仕祺。

今天接下來的行程都與姜仕祺一起，他們約好今晚一塊動手準備晚餐，然後做愛。

ALPHA像是早就在等他的聯繫，秒回他的訊息。

──馬上出發。十五分鐘到。

葉志恆回了句。

──慢慢來。

他抹一把臉，十五分鐘應該夠他冷卻因閱讀資料而發熱的身體。

姜仕祺比預計晚十分鐘，交通狀況不佳，所以遲了些。

兩人會合時，葉志恆外帶一杯咖啡給他，打斷姜仕祺道歉的話，邊繫安全帶邊說。

「學長，先到超市買點東西。晚餐有特別想吃的嗎？」

「我會煎牛排。」

姜仕祺提議。

牛排？葉志恆回想事前準備包含清腸，感覺牛排不太好消化，初體驗還是謹慎點吧。

「不行。吃清淡點，煮粥如何？」

「我都可以。」姜仕祺附和。

「你先開車，我負責查材料。」

葉志恆拿著手機，查看食譜，並且在記事本裡詳列購物清單。姜仕祺家裡有的食材，可以省略不買，幾項列下來，要買的東西並不多。

抵達超市，姜仕祺推著購物車，葉志恆負責拿取商品，他們目的明確，沒有在生鮮區花費太多時間。結帳前，葉志恆牽起姜仕祺的手，勇敢地前往衛生保健區，挑選必需品。

他一個人不好意思拿，有人陪著，膽子就大多了。

姜仕祺意識到他要買什麼，漂亮帥氣的ＡＬＰＨＡ因害羞與緊張而全身泛紅，體溫上升，ＰＨ值岌岌可危。

「你、你冷靜點。」

葉志恆若無其事般取下網友們認定普普通通就是福、沒添加有的沒的、ＣＰ值高的潤滑液，以及網友們一致推薦、適合ＡＬＰＨＡ與ＢＥＴＡ的、天然乳膠材質、較水潤的保險套，一盒五入。

五入，對初體驗來說，應該是足夠了。

姜仕祺盯著葉志恆燒紅的後頸肌膚，儘管他表面上裝得無動於衷，但皮膚呈現出的顏色背叛了他的想法。他鬼迷心竅，多拿了一盒保險套。

他頂著葉志恆震驚的目光，正經解釋。

「我們都沒經驗，搞不好會失敗。多買一盒提高容錯率，有備無患。」

有道理。葉志恆同意。

結帳時，負責刷卡的姜仕祺漲紅著一張精緻的臉，直直站在櫃檯前。

膚白貌美的ALPHA長得太惹眼，櫃檯人員本生無可戀、冷漠地執行她的工作。直到她抬眼一看，與美貌ALPHA對上視線，瞬間一眼萬年，刷商品的動作也停頓了下來。

啪地一聲，手上的商品掉到桌面，她下意識撿起，才注意到商品是極潤保險套。然後再抬頭，終於察覺到站在漂亮ALPHA身旁、沒什麼存在感、但其實長得也相當好看的男性BETA。

那人同樣紅著臉，和漂亮ALPHA靠得很近，幾乎是半個身體藏在他身後，安安靜靜地盯著她刷商品。

漂亮的ALPHA與清秀的BETA站在一起，既登對又順眼，給人的感覺十分舒適。

心碎。櫃檯人員在短短幾秒間，完成一見鐘情又心碎失戀的心歷路程，最終她回歸專業，冷酷無情地快速結帳。

贈送滿額禮的醜公仔時，她已能在心裡笑著祝他們性福，一夜七、八次，打炮打到咚得隆咚響。

超市大冒險，打勾。

葉志恆的待辦事項，逐一完成。

回到姜仕祺的家，兩人一起準備食材，煮粥只需要將食材跟水通通放進萬用鍋，按下按鈕就完成了，沒有複雜的技巧，超級簡單。

等粥煮好的期間，葉志恆提議有個很在意的影片，想要兩個人一起看，姜仕祺不疑有他，讓他播放。

葉志恆一臉淡定，拿出手機點擊螢幕鏡像輸出，連線到姜仕祺家的五十五吋液晶電視，點開某會員制的影音平台，挑出想播放的影片。

兩個男人在畫面中說不到兩句話，沒有任何劇情過度，突然激情擁吻。

「這、這……」

姜仕祺剛準備好的水果，就看到兩個男人接吻基情四射的畫面。

「歐美素人男ALPHA與男BETA的組合。網友大力推薦，據說現實中也是情侶，我想應該有參考價值。」

葉志恆解釋，拍拍身旁的沙發空位，讓他趕緊入座。

「吃飯前看這麼刺激的影片，會不會消化不良？」

姜仕祺燒紅臉，乖巧地走到葉志恆指定的位置坐好，手上一直端著水果盤。

「可是我們都沒經驗，不臨時抱佛腳的話，我擔心會兩敗俱傷。先聲明，我絕對不要不舒服的初體驗。」

葉志恆接過水果盤，擺放到桌上，同時以正論說服他。

基於對舒服的追求，兩名優等生認認真真地看起黃片。

因為是情侶自拍，所以只有一個對準床的鏡位。開頭就在床邊，前戲從親吻開始，兩名演員各自脫掉衣物後，一邊親吻一邊撫摸對方的身體。

兩名黃片主角，男ＡＬＰＨＡ的陰莖隨著撫摸逐漸發硬脹大，尺寸驚人，上翹彎曲，樣貌猙獰，而這東西要放進男ＢＥＴＡ的體內，不斷重複抽插的過程。

葉志恆驚悚，但他不斷安慰自己，根據他們偶爾互相用手摸摸彼此的經驗，他印象中姜仕祺的沒有這麼大，也沒有這麼猙獰，是挺直且乾淨的粉紅色。

「我覺得你的比較好看。」

葉志恆感慨，雖然是單純陳述事實，但意外暴露了他邊看黃片邊代入他們兩人的想法。思及此，姜仕祺冷靜不了，心跳加速，瘋狂想著他們即將要做螢幕上主角們正在做的事。

「我可以看一下你的……嗎？」

葉志恆問，目光停留在姜仕祺那處，光是想像已經不能滿足他，他想要更具體的比對。

姜仕祺沉默幾秒，紅著臉，答應：「可以。」

得到應許，葉志恆動手，解開對方牛仔褲的褲頭，裡頭的性器微微勃起，頂出一個弧度，輕輕拉下內褲，見到粉嫩漂亮的肉棒。

果然，姜仕祺的比較好看。

「阿恆……」

姜仕祺嚥下口水，顯得緊張。

葉志恆抬頭，正面迎向姜仕祺害羞又飽含情慾的目光。他對這樣的姜仕祺實在沒什麼抵抗力，英俊的ＡＬＰＨＡ總能讓人為他心動幾百次。

「先幫你弄出來一次，行不行？」

葉志恆提議，動手之前，再次詢問。即使他知道，對方絕對不會拒絕。

「行。阿恆，我們一起做。」

姜仕祺手攬上葉志恆的腰。

在這之前，他們互相愛撫過無數次，雖然沒有做到底，但對彼此的身體算是知根知底。姜仕祺的體力驚人，他怕是跟不上對方。不是他太虛，而是ＡＬＰＨＡ與ＢＥＴＡ天生的體能差異。

「我就算了，得保留體力。」

葉志恆評估後，理性婉拒。

姜仕祺只好讓步，表情委屈，靠葉志恆熱烈的親吻，才稍微釋懷。

又親吻又撫摸，點燃彼此的情慾，即使聽見萬用鍋烹煮完畢的提示音，也無暇理會。

葉志恆的規劃大亂。按照他的計畫，今天一天行程是見黃明宇、與姜仕祺會合、用餐、最後是做愛，現在亂套了，他現在想先跟姜仕祺做愛。

「可惡，這不在計畫之中。」

葉志恆咒罵，為計畫趕不上變化而感到窩火。

「要按照計畫來嗎？」

姜仕祺親著葉志恆的臉頰，明明捨不得停下來，卻還是這樣問。如果阿恆喊停，他會配合，即使身體不願意。

「這狀態下哪停得下來？」

葉志恆咬牙切齒，他就是太小看自己跟姜仕祺，兩人在一起時，很容易出現這樣的氛圍。他自己沉迷其中，也是欲罷不能。

葉志恆儘管惱怒計畫被打亂，最終仍是順著情勢走，他現在就想做這件事。

原本事前準備，他打算自己一個人完成。畢竟過程太羞恥，他傾向獨自作業。然而，姜仕祺堅持全過程參與，極力說服他。

葉志恆被說服了，放下羞恥心，和他一起做事前準備。

在浴室花了很久的時間，他們把網路上說的步驟，按照ＳＯＰ逐一完成。葉志恆覺得自己最丟臉的樣子，全被姜仕祺看光了。雖然他也見識到姜仕祺變態的一面。

從浴室轉移到主臥室的大床，用網友推薦的傳教士體位，完成第一次進入。

兩位好學生，前期大量閱讀資料，交叉比對，研究整個流程，雙雙做了足夠的功課，用前人慘痛的各種教訓，總結出最佳解。

花漫長的時間做事前準備，一切都是值得的。

葉志恆追求的兩個人都要舒服，絕對不能留下陰影的初體驗，在結合後，深刻體悟，有所準備的性愛簡直美好得不得了。

他做好擴張的後穴迎合上姜仕祺那根塗滿潤滑液的肉刃，闢開他窄緊的腸道，光是進到體內，強烈的異物感不斷推進，一股難以言喻的滿足感，充盈著他，壓迫得他差點呼吸不上來。

姜仕祺耐著性子，等他適應，邊親吻他邊提醒他好好呼吸。

空氣中瀰漫著ALPHA動情的費洛蒙，對葉志恆來說，是最強的催情劑，生理與心理產生強烈的共感，結合讓他很滿足，想要疼愛對方，也想被疼愛。

「阿恆……阿恆，你覺得舒服嗎？」

姜仕祺流著斗大的汗，忍著衝動，顧及對方的感受，輕緩的動作展現著他的克制。

葉志恆用手遮臉，坦承。

「……很舒服。」

雖然接受時有點辛苦，但他們身體相性太好，前期又做足準備，讓他很快就適應姜仕祺的侵入，巨碩的陰莖反覆蹭到敏感點，從淺層循序漸輕地深入，每一下都讓他克制不住地呻吟。

做愛原來這麼舒服，難怪這麼多人沉醉其中。

舒服得神魂顛倒。

太舒服了，讓他有種預感，感覺會上癮。

他現在的聲音太甜蜜了，不像是自己的聲音，臉大概也色到不行吧？

恥於見人，他將臉遮擋起來，不想被看見羞恥的一面。

姜仕祺拉開他的手，不讓他遮掩，想看他的表情，也想聽他的聲音。從葉志恆的反應，他知道自己可以逐漸加重力道，甚至更放肆些。

他牢記兩個人都要舒服的原則，追求極致舒服的性愛，但不僅僅是情慾上的流動，還有情感上的滿足。

喜歡他，好喜歡他。

越是和葉志恆相處，就越喜歡他。

伴隨日益增加的喜愛，是他隱藏在內心深處的不安全感。

他的不安全感並非來自懷疑葉志恆不忠，而是ALPHA的天性使然。ALPHA一旦出現自己認定的伴侶，便無法抑制想標記對方的本能。

偏偏葉志恆是個BETA，無法被ALPHA標記。

不管姜仕祺多努力讓葉志恆沾染上自己的氣味，也不可能真正標記對方。這樣的認知讓他沮喪，不安全感如影隨形。

唯一能撫慰他不安全感的，是從葉志恆身上散發出的淺淡費洛蒙氣味。輕輕淺淺、猶如雨後青草地那般，令人心曠神怡的味道。

證明BETA對他動情，與他同樣沉淪其中。

原來阿恆的費洛蒙是這樣的味道。

喜歡，好喜歡他。

原來身心靈都為一個人著迷，是這種感覺

姜仕祺已經完全沉浸在戀愛之中。

第九章
子非魚安知魚之樂

擺脫易感期的姜仕祺睡了個甜甜的好覺，身體心靈前所未有的滿足。

他睜開眼時，還沉浸在幸福的狀態，下意識地尋找枕邊人。

葉志恆坐在床的一側，枕頭與抱枕墊在身後，單穿一件屬於ＡＬＰＨＡ的棉麻薄上衣，僅釦兩顆鈕扣，手持平板電腦與筆疾速書寫。

「嗯——」

姜仕祺發出滿足的長吟，伸手摟向葉志恆的腰，讚嘆美好的一天。

葉志恆像撫摸寵物般，摸摸他澎鬆柔軟的頭髮，視線沒離開平板，漫不經心地詢問。

「你好了嗎？」

「唔？」

姜仕祺像是喪失語言能力，只能發出單音回應。沒明白他的意思。

「我是說，結束易感期，回歸正常生活。」

葉志恆放下平板，拿起床頭櫃上的ＰＨ值儀器，對準姜仕祺的頸部測量。沒多久綠燈便亮起，表示ＡＬＰＨＡ已經恢復正常狀態。

「嗯……」

ＡＬＰＨＡ發出意猶未盡的沉吟，將臉埋進ＢＥＴＡ的腹部蹭來蹭去，像大型狗對著人類撒嬌一般。

葉志恆掐著姜仕祺的臉頰，皮笑肉不笑。

「學長，我的腰、屁股、嘴都快報廢了，請不要發出這種好像很遺憾的聲音。」

「對不起。」

姜仕祺鬆開手，一絲不掛，趴床，向葉志恆五體投地，獻上真摯的歉意。

葉志恆哼哼兩聲，倒不是真的想責怪對方，只是想趁火打劫，討點好處，雖然目前還沒想到要討什麼好處。

「賠禮先欠著，以後再跟你討。」

「一定一定。」

姜仕祺答應。

葉志恆扶著床板，緩緩下床。

「今天是禮拜一，我要去上課了。你載我一程吧。」

「不休息一天嗎？」

姜仕祺扶他進浴室，見他雙腿直打顫，心裡內疚得很。

「我也想，但不行。從禮拜四開始，到現在已經禮拜二了。必修課的老師抓很嚴，再曠課下去，我鐵定會被當掉。」

葉志恆無奈。

「對不起。」

姜仕祺再次道歉，愧疚之情溢於言表。

尤其看到葉志恆在棉麻襯衫底下的肌膚，青紫點點，遍佈吻痕跟咬痕，飽受摧殘的軀體後，更加意識到易感期的自己有多禽獸。

葉志恆刷完牙，彎腰吐泡沫，一低頭瞄到姜仕祺勃起的下身，整個人都不好了。

「你怎麼回事？為什麼又起反應了！」

怕爆。

姜仕祺恥於見人，雙手捂臉，再度致歉。

「對不起、對不起……你快把衣服穿上。」

他背過身，迴避直視葉志恆過於誘人的身體。

葉志恆抬頭，看向鏡子，頓時搞懂他勃起的原因。

ALPHA的襯衫套在自己身上，完全就是OVERSIZE。青紫色情慾痕跡烙印在蒼白的皮膚上，看上去十分顯眼。

而他被咬得最慘的地方是後頸、OMEGA腺體的位置，如果他是OMEGA，早就被標記幾百次了。ALPHA毫不留情，還因找不到他的腺體，變得既焦急又委屈。

這樣的自己，對ALPHA來說，或許真的有點刺激。

「你、你自己解決，我先出去了。」

他用毛巾擦把臉，準備無情離開浴室。

「阿恆……」

姜仕祺輕輕拉著他的手。

他沒有使勁，葉志恆隨時能甩開他。

怎麼可能甩開他。

最終，葉志恆留下來，心有餘而力不足。

姜仕祺沒有要求太多，只是想貼緊心愛的ＢＥＴＡ，感受他的體溫，聞著他的味道，摟著他、親吻他，享受阿恆不自覺地配合他的索求。每每讓他感受到阿恆對自己的縱容，確認自己被他愛著。

兩人在浴室重新洗澡，離開時帶著同樣的沐浴香氣與髮香。

時間距離葉志恆第一節課，越來越逼近。

葉志恆敲打手機，麻煩詹利偉幫他帶第一節課的書，順便占位置，謝禮是火鍋吃到飽。

詹利偉爽快回了個ＯＫ的動圖，接著揶揄。

——感天動地，你出關了。

哈。葉志恆乾笑，收起手機。

姜仕祺趁他忙碌之時，悄聲無息地魚目混珠，拿出兩人同款不同色的一套衣褲，同樣的棉質圓領寬鬆短袖上衣與牛仔褲的搭配，不仔細觀察，很難察覺到異常。

葉志恆鈍感，對心機搭配的情侶衣渾然不覺，換穿時不疑有他，尤其趕著出門時，更沒有心思在意彼此的穿搭。

直到車上路行駛，停紅綠燈的空檔，他才注意到姜仕祺一反常態，不穿襯衫類的上衣，而是和他類似的寬鬆上衣，同款不同色，頭髮也沒有特別打理，顯得隨性休閒，少了成熟，多了點青春氣息。

「你今天也休息？」

葉志恆意外。

「ALPHA易感期可以休息七天。」

「真是不錯的福利。」

此時，葉志恆尚未察覺姜仕祺的打算，還建議他趁假期順便檢查學生會的系統後台，最近聽成員們抱怨變得不好用了。

姜仕祺沒說好也沒說不好，用別的話題轉移了焦點。

抵達學校後，葉志恆馬不停蹄，前往第一堂課的教室，而姜仕祺則一路跟在他身旁，時不時與偶遇的人打招呼。

一塊又一塊的薑糖就這樣加入隊伍。姜仕祺像是吹笛手哈梅恩，總是能輕易聚集人群，跟隨他行動。

「我教室到了，晚點見。」

葉志恆在教室門口停下腳步，和姜仕祺道別，恨不得盡快擺脫他身後的那條大尾巴。

「記得這堂課可以旁聽，我陪你上一堂課吧。」

姜仕祺在眾目睽睽之下牽起了葉志恆的手，一塊走進教室，隨即轉身與一眾薑糖粉絲道別。

「我們下次聊。再見。」

教室內外，眾人目瞪口呆。

唯獨姜仕祺悠然自得。

他牽著葉志恆，快速瀏覽教室，與幫忙占位置的詹利偉會合，並主動與對方打招呼。
「早，又見面了，謝謝你的幫忙。」
「學長，你……你們會不會太高調？」
詹利偉驚呆了。
「嗯？」
姜仕祺歪頭，像是沒聽懂他的意思，坦蕩蕩地入座。
他們的第一堂課是開放旁聽的大教室，一排能坐滿六人。詹利偉獨占講台前方第二排，通常前排的位置沒人喜歡，因此他占一整排也不會惹議。
如今情況不同，他占的位置、連同周邊都成了教室的蛋黃區，兵家必爭之地。
第二排座位如今呈現：牆壁、姜仕祺、葉志恆、詹利偉、空位、空位、空位的狀態。
「同學，你旁邊還能坐人嗎？」
潛藏在班級裡的薑糖們，若無其事地從後排往前移動，紛紛湊了過來，各個如狼似虎，飢渴地爭搶空位。
六人座擠出八人座的效果。
「葉子！葉子！快想想辦法！」
可憐的詹利偉被薑糖們擠得最誇張，明明先來的是他，占位的也是他，偏偏被搶得最嚴重的也是他，半邊屁股都被擠到葉志恆的座位邊緣了。
葉志恆選擇趴下，臉正對桌面，逃避現實。

「對不起，我睡著了。別吵我。」

葉鴕鳥誰都不想理會。

姜仕祺單手摟著葉志恆，親暱得太自然，導致無人起疑心。

他微笑地面對眾人的糾紛，以及令人感到困擾又好笑的座位爭奪戰。對他而言，只要葉志恆在他身旁，其他人要爭搶什麼都無所謂。

直到教授出現，眾薑糖的紛爭才暫時停止。

老師同樣意外姜仕祺的出現，走到桌邊跟人閒聊幾句，才開始授業。

課堂正式開始，葉志恆起身坐正，打開自己的課本，順便順走詹利偉的一支筆。

對詹利偉來說，這是最難熬的一堂課。他不懂身旁的葉志恆怎麼能頂著薑糖們羨慕嫉妒恨的灼熱目光，若無其事地聽講、做筆記，並且無視姜仕祺溫情脈脈的熱切視線。

一時間，彷彿整個教室的人都在注視葉志恆，而他依舊故我，安然自得，做著自己該做的事，不受任何他人影響，專注得可怕。

一節課結束，詹利偉對葉志恆多了幾分敬意。

下課後，姜仕祺周邊聚集更多的人們，將他們團團包圍。

葉志恆再次趴桌裝睡，逃避現實。桌底下，他的手狠狠掐著姜仕祺大腿，要他想想辦法。

「抱歉，請保持安靜，阿恆在休息。」

姜仕祺虛握住葉志恆的手，沒有阻止他掐大腿的動作，任由他掐輕掐重。

「學長為什麼對葉同學這麼好？不怕他帶壞你嗎？」

其中某塊薑糖眼紅葉志恆，忍不住酸言酸語。

畢竟葉志恆身上掛著還沒正式開學便打架鬧事被記過的事蹟，因此跟他沒接觸過的人多半都深信謠言，只覺得他就是個不良分子。

「阿恆很好，如果你接觸過他、認識他，你會發現他是個認真、善良且正直的好人。」

姜仕祺糾正他的說法，眼神中多了一絲冷意。他接著轉頭，看向趴桌裝睡的ＢＥＴＡ，目光柔和許多，帶著幸福光波，用不小的聲量宣告。

「阿恆是我的男朋友。我不對他好要對誰好？」

男朋友？

男朋友！

不是專屬學伴嗎？

不是專屬學伴，是男朋友！

詹利偉再次驚呆，下巴都快掉下來。

葉志恆表面趴桌裝睡，實則內心默默流淚。

再見了，平靜的大學校園生活。（儘管似乎從未擁有過。）

易感期的ＡＬＰＨＡ好可怕。

明明姜仕祺易感期結束了，可後遺症還在，讓葉志恆至今仍飽受危害。

火．葉志恆．火。

炎上，燒起來。

「哈、哈哈，學長在開玩笑吧？」

「我也想讓學長當我男朋友。」

「葉同學好好喔！」

逃避現實的眾薑糖此時莫名地有默契，指鹿為馬，顛倒是非，堅決不承認姜仕祺的宣告為真，集體當個叫不醒的裝睡人。

姜仕祺奇怪他們的反應，正經說道。

「不是開玩笑，我們在一起很久了。」

為原本不容樂觀的情況，添柴加薪、火上加油。

話題中心的葉志恆不裝了，大動作地坐起身，面對圍繞在周圍的薑糖，承受他們隱藏不住的敵意眼神。

「吵醒你了嗎？」

姜仕祺連忙致歉。

葉志恆做個停止的手勢，所有人因他的舉動而安靜，屏氣凝神，注意力全在他身上，氣氛頓時十分緊張。

男朋友。

本來就不是不能說的關係，只是沒人主動提起，沒有機會開誠布公。

此時此刻，姜仕祺說了沒人相信，他這男朋友總不能讓他受委屈。

葉志恆豁出去，面對眾人，牽起姜仕祺的手，光明正大擺到桌面上。

「如何？」

他讓薑糖們看看他們十指交扣的手。

普通朋友不會這樣牽對方的手。

「這、這不算什麼……」

喔？還不信。葉志恆挑眉，親暱進階。

「如何？」

他挪挪位置，湊近姜仕祺，半依偎著他，並將頭靠到他肩膀上。

姜仕祺不明所以，但配合地摟上他的腰，讓他躺得更舒適些。

「喂、你，你不要太過分。別仗著學長人很好，就隨便欺負他。」

薑糖無視表情愉悅的姜仕祺，憤怒指責葉志恆出格的行為。

荒謬。

葉志恆訕笑。

「你們這些人不到黃河心不死，是不是？」

「你想幹嘛？」

「我勸你不要亂來。」

「不要！我不想看！」

薑糖們開始躁動，怕他做出更糟糕的事。部分薑糖已經不敢再看，含淚抱頭逃竄，部分薑糖急紅眼，恨不得將他們扒開，保持安全距離。

偏偏姜仕祺護著人，讓他們無從動手。

在薑糖眼中，小人得志的葉志恆，竟然還揮手驅趕他們。

「走開走開，不要打擾我上課。」

「大家回座位吧。」

姜仕祺勸導。

鐘聲響起，薑糖們不得不解散，揣著不願接受的真相，神色黯然。

從此，姜仕祺與葉志恆交往的事實，一傳十，十傳百，薑糖心碎慟哭，薑絲在匿名論壇上盡情嘲諷，整個校園瀰漫著濃雲慘霧與肅殺之氣。

葉志恆的背景跟開學打架記過的故事被翻出來，反覆討論，成為網路霸凌的目標，與他相關的討論一晚上能有數百筆留言，熱度極高，而且負面評價遠多於正面評價。

用他人臆測出來之不良分子葉志恆的形象，再加以扭曲，產生他們幻想中的、根本不存在的卑鄙小人。

匿名論壇上的葉志恆是熱愛打架的不良分子，與學校出了名的不良江城峰是死對頭，經常看到他們起糾紛。

他一年級就威逼學生會會長妥協，破例讓他成為學生會的一員，還在學生會開會期間刻意接近姜仕祺，從此長年搶占姜仕祺身旁的座位。

兩人熟悉之後，葉志恆利用姜仕祺的善良，強迫ＡＬＰＨＡ跟他結為專屬學伴，進而發展成交往關係。

那天在教室發生的事，也同樣被歪曲渲染。

不良分子葉志恆牽著姜仕祺的手，對著一眾無辜可憐薑糖大肆炫耀。而姜仕祺因為性格太好，所以拿惡人完全沒辦法，只得委屈地當眾承認他們正在交往。

對此，詹利偉表示：人言可畏。

葉志恆早在打架記過事件，被打上不良分子的標籤後便麻木了，從此不看學校相關的匿名討論帖，過著與網路酸民隔絕的生活。

流言蜚語有時放任不管，可以息事寧人；有時卻能激起千層浪。

薑絲們在網路上興風作浪，越傳越誇張，負面消息越演越烈，熱度居高不下，竟然出現跟蹤偷拍的狗仔，匿名發布葉志恆與姜仕祺相處的照片。

一張是姜仕祺溫馨接送情，放學後開車接葉志恆回家。

薑絲配文：你們ALPHA偶像被BETA當作免費司機。

一張是葉志恆出入姜仕祺住宅，兩人並肩走，姜仕祺提著購物袋，似乎剛逛完賣場，而葉志恆只拿一瓶礦泉水，準備喝水。

薑絲配文：ALPHA提重物，BETA在一旁輕鬆喝水。哭啊，薑糖們，偶像竟淪落為BETA的男僕。

詹利偉作為事件中心見證人，最近熱愛刷校園的匿名論壇，每個帖下面的討論都要瀏覽一遍，從頭到尾一路跟進，發現一堆留言內容簡直精采到能拍成連續劇。

偶爾他也會將一些比較誇張或有意思的整理出來，匯報給完全不在乎的主角葉志恆聽。可惜，葉志恆對此不感興趣，反應極其冷淡，宛如這些討論全跟自己沒關係似的。

眼看眾人為這點雞毛蒜皮的小事，隨隨便便發個帖都能留言破百，天天翻來覆去地講，熱度居高不下。詹利偉感覺自己彷彿發現了財富密碼。

他決定下場賺點零用錢，為葉志恆撰寫長篇的平反文，發到匿名論壇，將流量引導到他有掛廣告的網路平台，光想到眾薑糖與薑絲帶來的高點擊率與收益，啊～～做夢都會笑醒。

標題：我所認識的葉志恆。

筆者：阿宅超人

內文：

「我是葉志恆的同系同班同學兼室友，葉志恆跟姜仕祺宣布交往的時候，我人就在現場。網路上傳得沸沸揚揚的謠言，與現實相去甚遠。

當時明明是學長跟大家坦承他跟葉子交往，但大家刻意打哈哈、不願意相信。葉子才跟學長牽手，證明他們在一起。結果網路上竟然有人說他刻意炫耀，笑死，你們要是知道他們在一起多久，就知道他們有多低調。

謠傳說他一年級經常跟江城峰打架，拜託，我們都知道他是被江城峰針對。他一個BETA對付ALPHA江城峰跟他的馬仔們，他被整得多悽慘，你們會不曉得？我記得當時，還借過外套給他穿，而老師根本不管。

順帶一提，匿名論壇仍受法律保護，請各位造謠者謹言慎行。
順帶二提，你ALPHA偶像是IT人才，要揪出造謠者好像不難。」

詹利偉的平反文一出，閱讀量超高，留言多到讀不過來。起初負評居多，下面一整排評論都在罵他是網軍，收了葉志恆的好處來幫他洗白。

結果沒多久新的風向出現，他這一顆小石頭投入湖中，竟引起平反效應，讓更多的人願意亮名下場，為葉志恆以正視聽。

「我所認識的葉志恆」、「我所知的葉學長」、「與輿論截然不同的葉志恆」等等標題，出現在匿名論壇，與那些負面八卦標題相對抗。

其中以學生會湯莎菲與朱嘉欣聯名的文章最廣為流傳，因為那篇文章中，有憑有據地揭發了許多不為人知的醜陋真相。

她們公開指責學校包庇江城峰，任由ALPHA欺壓BETA的作為，並說明學生會之所以破例納入葉志恆的理由，是為了與學校不公平的對待相抗衡。

有網友綜合所有正面與負面討論，整理出事件的時間線。

開學前一天，葉志恆與江城峰起衝突。根據學生會的說法，錯在江城峰，可學校卻給兩人都記過處罰。學生會為了保護葉志恆，破例讓他成為學生會的一員。

而後，一年級的葉志恆被江城峰處處針對，經常在校內遭受ALPHA欺壓，而老師知情不管，漠視校園霸凌。突然有一天，江城峰就不再找葉志恆麻煩了。

網友化身名偵探，畫重點：突然有一天。

由此推斷能讓猖狂江城峰收斂的原因，只有一個。

有個名字在眾人心中冒出，但大夥看破不說破。

姜仕祺。

葉志恆利用姜仕祺是板上釘釘的事，不過他是為了從惡霸江城峰的手下平安脫身，說起來也是其情可憫、無可厚非。

至此，正反輿論開始呈現五五波、勢均力敵的情形。

位於輿論風暴之中的兩人，則如同身處颱風眼那般，每天倒是過得風平浪靜，歲月靜好。

姜仕祺在易感期過後，經歷了一段恢復期，乍看之下表現與尋常人無異，實則情緒起伏波動仍大。這樣的狀態維持了整整兩天才真正恢復正常。

緊接著，他忙著處理累積許久的工作與作業，各個環節的聯繫與溝通，忙得昏天暗地。等到他發現時，輿論已經發酵，隱藏在匿名網站背後的人，對葉志恆的惡意鋪天蓋地而來，甚至不惜無中生有、毫無根據的造謠。

縱使葉志恆不在乎他人評價，更不會瀏覽網路上的謾罵，過著普通的日常生活，宛如一切與他無關。然而，姜仕祺卻不能當作無事發生。

從前不管，是因為話題只針對葉志恆，葉志恆不理會，他也不能越俎代庖。

如今自己也成了話題中心，那就別怪他大管特管，新仇舊恨含利息一併清算了。

正如詹利偉所說，他可以一個一個揪出那些躲在匿名保護傘下的人，網路會留下足跡，沒有人能真的匿名。

他聯繫熟識的律師，討論用怎樣的方式能讓利益最大化，最後總結出的最佳解是對所有在網路上造謠或惡意抨擊他們的人提起訴訟，要求損害賠償。

葉志恆全程目睹姜仕祺從憤怒到冷靜，過渡到興致勃勃地與律師討論方案，並眼看姜仕祺挑燈夜戰，大量瀏覽匿名論壇，精心挑選特別過分的惡意言論，一一記錄下來。

他作為被毀謗最嚴重的人，抱持不理不看不放在心上的原則，對流言蜚語真心無感，但姜仕祺卻彷彿打了雞血般，成天狂熱地整理資料、留存證據。

葉志恆自認不是魚，不懂魚的快樂。

他要先睡了。

第十章
守得雲開見月明

校園的匿名論壇上，出現一篇名為「葉志恆是我的英雄」的文章：

「我是曾經打算就讀普天大學，最終選擇轉校的那名ＢＥＴＡ。

開學前的始業輔導課程，江城峰夥同校外兩名ＡＬＰＨＡ，用絕對優勢的力量，對我進行欺凌。

地點在學校杳無人煙的垃圾場。而第一個找到我的就是葉志恆，救我脫離ＡＬＰＨＡ侮辱的人也是他。

他為了救我，不得不按下消防鈴謊報火警，用以中斷ＡＬＰＨＡ的暴行。

他遭受江城峰的毒打、被學校記過、遭江城峰處處針對、被人亂傳謠言。

為了保護我，他寧願遭人誤會，也不曾為自己辯解，更從來沒有公開過我的姓名。

他根本不是什麼不良分子，他是我的英雄。

怪我當時太懦弱，不敢對江城峰採取行動。

我一直留著當時的紀錄跟證據，如今我會把這些交給警方，並且對他提告。

當時的葉志恆為了我對抗ＡＬＰＨＡ，現在輪到我為他做點什麼了。」

＊＊＊

黃明宇的文章在禮拜五下午三點時上傳。

當時的葉志恆在上商事法，渾然不知黃明宇在匿名論壇投下炸彈，讓原本熱鬧的輿論再次沸騰。

一節課結束，他被上課偷刷論壇的八卦使者詹利偉扯著衣領吼著。

「靠！原來你瞞了這麼重要的事，幹嘛不說？你白痴啊！」

詹利偉的吼聲響徹教室，眾人的目光不自覺地匯聚過來。

「啊？」

葉志恆疑惑。他皺眉，令人感到困惑的事接二連三。剛拿出手機時，也注意到被灌爆的訊息。

「啊什麼啊？你救的那個BETA在論壇裡面自述真相了！」

詹利偉曉得他肯定不知道，早把手機畫面停留在文章上頭，解鎖就能看到。他拿到葉志恆面前，讓他好好拜讀。

葉志恆瀏覽速度極快，沒多久就暗自抽了口氣，急忙撥打黃明宇的電話號碼。

「你這傢伙幹嘛藏這麼深，我光想都覺得委屈。你當時被江城峰針對，挨了不少打吧？你要是能說出來，我們多少能幫點忙……」

詹利偉越說越心虛，誰敢招惹江城峰，尤其他還是個跟學校高層有關係的ALPHA。

黃明宇的手機關機了。葉志恆猜他八成是知道發出文章後，會被很多人詢問才關機。

他強制自己冷靜，今天是禮拜五，他知道黃明宇禮拜五的學校行程。聯繫不到黃明宇沒關係，他可以直接去對方的學校找人。

葉志恆準備叫計程車，正使用手機時，突然冒出姜仕祺的來電。他停頓半秒，才滑動接通。

「阿恆，你看到論壇上的文章了沒？我可以為那位BETA介紹最好的律師，費用我來出。」

姜仕祺十分積極，語氣中帶著終於等到這天的感覺。

「你在哪？現在有空載我一程嗎？」

葉志恆問。

「很近，十五分鐘到學校。」

「好，我們去找他。」

約定好之後，BETA俐落結束通話，開始收拾桌面的物品。

詹利偉聽見隻字片語，猜了個大概，眼睛發亮，厚著臉皮開口。

「我能不能一起去？」

「不行。」

葉志恆冷眼回絕。

詹利偉不意外被拒絕，舉雙手做投降狀，笑說。

「好吧，至少讓我送你到等車的地方。我們的英雄接下來應該會很受歡迎，相信大家都跟我一樣，很想親自跟你確認真相。」

葉志恆權衡後，同意詹利偉的護送。

興許是故事的反轉過於戲劇性，眾人不再滿足於網路上的討論，紛紛浮現檯面，想要從本人口中得知真相。

詹利偉頓時成為葉志恆的發言人，為他擋住一個個湊上來詢問的同學。

站對隊伍的快感，讓他感到無比快樂。

你們這些凡夫俗子，在網路上隨意胡亂批評葉志恆，只有我一個人最先開始為他出頭說話，現在非但證明了我不僅是對的，葉志恆還是一個深藏不露、保護弱者的英雄。喔，好爽，太爽了。

詹利偉享受眾人的逼問，以及熱絡的目光，他回答的每一句話都充滿榮譽感。他為葉志恆做的事感到榮耀，他現在也成了保護英雄的一道牆。

葉志恆覺得麻煩死了。跟不知道在得意什麼的詹利偉道別，臨別前叮嚀他別亂回答有的沒的，而後才搭上姜仕祺的車。

開車門時，引來學生們一陣驚呼，因為他們看見車內的駕駛正是姜仕祺。

「啊啊啊！姜仕祺學長呀！」

「你們等等，別往前擠！」

詹利偉擋著眾人。

碰。葉志恆關上車門，將聲音隔絕在外頭。

「趕緊開車。待會被人群堵住，我們就走不了了。」

葉志恆邊催促邊快速拉上安全帶。

姜仕祺倒是不怕被人包圍，慢悠悠地開車掉頭，順道問他。

「你還好嗎？」

「不好。我聯繫不到黃明宇。我們先去他學校看看。」

葉志恆將手機磁吸上架，開起地圖導航。

停頓幾秒後，他才開口解釋。

「黃明宇就是發那篇文章的ＢＥＴＡ。」

姜仕祺沉默片刻，他其實早就知道黃明宇這個人。因為葉志恆從來不提，所以他只能一直裝傻，假裝他不知道每月初的禮拜五，葉志恆刻意空出時間陪伴的對象。

「真相終於大白，不過你好像不太愉快。」

姜仕祺趁著紅綠燈，觀察葉志恆的狀態，只見他神色凝重，不見半點解脫。

「本來就不是什麼值得開心的事。」

葉志恆指了下紅綠燈，提醒他開車。

「你為了保護他，讓自己被眾人誤會，受迫害時孤立無援。最後不得不與我成為專屬學伴，江城峰的行為才有所收斂。如果能早點真相大白，你或許不會跟我發展成現在的關係。」

姜仕祺下意識地握緊方向盤，努力隱藏自己的不自信。

聽他這樣講，葉志恆簡直不敢置信，呆呆地說。

「學長，你是不是論壇逛太久，被裡面奇奇怪怪的言論洗腦了？」

「我偶爾會想，如果沒有遭遇困境，你還會跟我在一起嗎？」

姜仕祺目光放在車道上，但他很想知道葉志恆此時的表情。

「當初你把選擇權交給我，而我主動親你了，是我引導我們成為現在的關係。不管當時有沒有受迫害，我都不想跟你止於朋友關係。」

葉志恆看向姜仕祺，回想自己做決定時，被ALPHA身上的費洛蒙與樣貌吸引。當時他們算不上熟悉，但他貪心地想要親近對方。

姜仕祺壓抑不住上揚的嘴角，浮躁的心情頓時安定，很想將車停在一旁，先跟葉志恆卿卿我我、醬醬釀釀，還想討論更多這方面相關的想法。

可惜，現在不是時候。

抵達黃明宇的學校後，葉志恆仍未與對方取得聯繫，正愁找不到人。

姜仕祺的手機響起通知鈴聲，閱讀完，立刻將手機遞給葉志恆看。

「好巧，黃明宇聯繫我了。」

螢幕上是姜仕祺私訊黃明宇，而黃明宇回覆他的對話。

——你好，我是姜仕祺，我可以免費提供律師協助。這是我的通訊號碼。

——你好，我已加你為好友，不知你是否收到。

葉志恆接手他的手機，開啟姜仕祺的通訊軟體，無視眾多未讀訊息，只點黃明宇的大頭貼回覆。

「黃明宇，我是葉志恆。我們人在你學校附近。」

這下輪到葉志恆的手機鈴聲響起，是黃明宇打來的電話，而學校的輔導老師正陪伴在他身旁，他的聲音在顫抖，情緒算不上穩定。

他們相約在輔導老師的辦公室，與黃明宇會面。

黃明宇基於創傷與愧歉，始終無法面對葉志恆。葉志恆沒待太久就被輔導老師請出辦公室，獨自站在外頭等他們商談完畢。

姜仕祺則聯繫好律師，先以通話方式將人介紹給黃明宇認識，之後再約時間跟律師細聊。

葉志恆只等了十幾分鐘，姜仕祺便退出辦公室。

兩人走回停車場時，姜仕祺主動牽起葉志恆的手，任何人見到黃明宇的狀態，情緒都很難好起來。

他想到每個月初的禮拜五，葉志恆都堅持不懈大老遠地前來拜訪黃明宇，只為了確認他是否安好。他可憐黃明宇，也心疼他的阿恆。

「他很勇敢。」

姜仕祺如此評價。

即使渾身顫抖，神情不安定，但黃明宇仍努力克服恐懼，做出艱難的決定。

面對自己的傷痛，原來是這麼困難的一件事。

「嗯。」

葉志恆單音回應，握緊兩人相牽的手。

閉上眼，彷彿能見到黃明宇痛苦的模樣，深深刻印在他的腦海裡揮之不去。

從救了他的那一天起，直到現在，每件事自己都記得清清楚楚。
這件事是黃明宇的創傷，同時也是他的創傷。

＊＊＊

事發後的禮拜一，學務長邀請葉志恆到他的辦公室商談。
學務長是一名ＡＬＰＨＡ，湯莎菲擔憂他會用ＡＬＰＨＡ的階級壓制葉志恆，逼迫他答應不平等的條件，因此堅持陪同到場，以防學務長使用費洛蒙暴力。
學務長不悅湯莎菲的不配合，他確實打算使用費洛蒙暴力脅迫葉志恆就範，這是他慣用且擅長的手段，以此擺平不少校園紛爭。
簡單的手段使不得，只好曉之以理，動之以情。
學務長對著葉志恆噓寒問暖，迂迴地繞著圈子，最終道出目的，學校方面願意撤回他的小過，但希望他能請黃明宇刪除長文，並且要求葉志恆發布一篇澄清文，解釋學校的為難之處，還學校一個清白。
普天大學因為這次風波，已經嚴重損害校譽，網路上甚至出現「學校是包庇犯罪者的天堂」的風向，往後極有可能影響招生。
學務長希望他們能多為學校的聲譽出點力量，不要搞得這麼難看。
湯莎菲聽不下去，差點動用武力，溢出憤怒的費洛蒙。

葉志恆制止她，掩鼻，擋了一下ALPHA的費洛蒙臭氣。
他向學務長委婉表示，「我想考慮幾天。」
「別考慮太久，每多一天，那些惡評就會傳得更遠。」學務長急切。
「我還是想好好考慮。」葉志恆堅持。
「明天吧。明天早上給我答案。」
學務長擅自給出時限，也不管他答不答應。
葉志恆停頓幾秒鐘，詢問學務長。
「老師，其實我有個問題很好奇。為什麼江城峰對學生暴力相向，把人逼到轉學，但學校僅是記過處分，沒有讓他退學。當初事件一出，也不見江城峰有所收斂，他仍然對學生使用暴力，師生都害怕他。」
「那也是因為他沒惹出什麼大麻煩……。」
學務長硬著頭皮解釋，說著他自己都不信的話。
「沒惹出大麻煩。」
葉志恆低聲重複他的話，點點頭。
「我知道了。謝謝老師，我回去考慮，明天早上再回覆。」
「趕緊想好。你們走吧。」
湯莎菲憤怒不平，一秒鐘都不想多待，拉著葉志恆大步離開辦公室。
直到走出一段路以後，湯莎菲仍心有不甘，她邊問邊回頭。

「你該不會打算接受學務長的提議吧？」

一回頭，只見葉志恆手持錄音筆，按著播放鈕，隨即聲音傳出，是剛才學務長與他的談話。

湯莎菲驚訝，下巴差點掉下來。

「你……」

「喔，學生會開會記錄用的錄音筆。過來之前嘉欣學姊借給我的，她說有備無患。」

葉志恆笑看手中的錄音筆，回想當時朱嘉欣塞給他錄音筆時還特別叮嚀。

「就算對方講廢話我們也要全都錄，全都錄才是好書記」。

湯莎菲捧心，再次為她的老婆心動。

老婆，最高！

「學姊，我知道妳們很後悔當時沒能及時趕到。事情發生後，妳們一直很照顧我，我真的受到妳們很多幫助。謝謝妳們。」

葉志恆由衷地道謝。

湯莎菲感動，吸了下鼻子。

「接下來，你有什麼打算？要公開嗎？」

湯莎菲盯著他手上的錄音筆，正重複著學務長令人惱怒的言語。她恨不得立刻公開，讓所有人知道學務長的惡行。

葉志恆暫停播放，收起錄音筆，冷靜道。

「竊錄是把雙面刃，使用起來有風險。學長請了律師專門處理這些事，我需要跟律師討論細節。」

一時衝動將證據向大眾公開，是最笨的方法。

贏了輿論，輸了官司。

「對，是我衝動了，謹慎為上。」

湯莎菲贊同他的做法。

葉志恆告別湯莎菲，回教室繼續上課，無視詹利偉對他擠眉弄眼，好奇學務長找他做什麼。

葉志恆頭疼，不知道待會該怎麼應付詹利偉。

下課鐘響，詹利偉帶著他滿腹好奇心找來。葉志恆只好簡潔解釋自己的遭遇，不意外詹利偉聽聞後氣憤不已。

留在教室裡的同學們，拉長耳朵偷偷聽著。

最後一堂課結束前五分鐘，他們教室外來了不速之客。江城峰站在門口，憤怒地瞪著教室裡的葉志恆，神情不善，帶著顯而易見的殺氣。

教室前後共有兩扇門，他占據一方，同學們僅能從另一扇門離開，離開的同學並不多，大部分的人選擇留在原位，齊齊看向門口不友善的ＡＬＰＨＡ。

「葉志恆！你出來！」

江城峰怒氣沖沖，指著教室裡的人，喊道。

「同學你……」

授課老師人還沒走，皺眉，出聲制止他。

江城峰打斷他，口氣不敬。

「閉嘴！下課了就趕緊走！少管閒事！」

他在校內威風慣了，面對師長也毫無敬意，仗著自己的家世，為所欲為。

這樣的場面許久未見，曾經無數次葉志恆被江城峰不客氣地請出教室，由他一個人面對盛怒中的ALPHA。

那時同學們不明所以，為明哲保身而眼睜睜看著他應付江城峰，如今狀況不一樣了，沒人不知道他們之間的恩怨，來龍去脈全都一清二楚。

鐘聲響起，課程被江城峰攪得無法繼續進行。

葉志恆收拾物品後站了起來，詹利偉火速跟上，其他同學們快速收拾，也隨之起身。

這次，葉志恆的身旁圍了一圈人。同學們默不作聲，卻默契十足，走在葉志恆的前後左右。

ALPHA在最外圍，BETA在裡頭，以肉身圍起牆，護住葉志恆，配合著彼此的腳步共同移動。

葉志恆低頭忍笑，接受同學們的保護。

「你們這些人要跟我作對嗎！」

江城峰放肆叫囂，動靜之大，惹來其他教室學生的好奇。

護衛著葉志恆的同學們如流水般，流動出教室，護著人遠離臭氣沖天的ＡＬＰＨＡ。

「葉子，接下來去哪？我們送你過去！」

詹利偉高聲問道，讓江城峰知道他們不會輕易解散。

「停車場。」葉志恆回答。

「沒問題！」詹利偉答應。

葉志恆班級的人浩浩蕩蕩，他們早就遠離江城峰的範圍，但眾人沒有解散，一路護送葉志恆抵達停車場。

姜仕祺穿著墨綠絲質短袖襯衫與黑色長褲，身形挺拔站姿隨意，佇立車旁，如海報男模一般。

遠遠地，就看到葉志恆與他身邊那圈小夥伴整齊劃一地在路上移動。

他快步往他們的方向走去，帶著和煦的微笑向眾人打招呼。

「你們好，這是怎麼了？」

眾人自然地分開，讓姜仕祺走入他們之中，來到葉志恆面前。

姜仕祺伸手搭上葉志恆的後背，既親暱又自然。

這時，眾人才注意到，葉志恆穿的奶茶色短袖襯衫，與姜仕祺是同款。

姜仕祺的溫和成熟與葉志恆的平淡俊秀，明明是ＡＬＰＨＡ與ＢＥＴＡ的組合，卻給人相輔相成，舒適且賞心悅目的感覺。

真般配。眾人心裡不自覺地湧出這樣的想法。

「學長，江城峰來找葉子的麻煩，我們護衛他出來！」
詹利偉解釋，為大家邀功。
姜仕祺意外，看向葉志恆，好奇他的表情。
平時理智冷靜、表情平淡的葉志恆，難得靦腆地微微笑著。
「謝謝各位照顧我家阿恆。你們要不要喝飲料？我請客。」
「學長！我來登記！」
詹利偉自告奮勇，成為飲料登記擔當。
一群人又浩浩蕩蕩到學校附近的手搖店，一口氣點了十八杯手搖飲料。同學間放鬆地聊了起天。
一開始話題還圍繞在姜仕祺與葉志恆身上，不過沒多久便轉而抱怨起學校的教授與課程。畢竟大家都是同班同學，同仇敵愾的共鳴感也特別強烈。
葉志恆靦腆的笑維持很久，心裡一直有股暖流。
「葉同學，實不相瞞，我是薑糖，不過你很好。嗚嗚嗚，你真的很好，所以我祝福你們。」
一個綁著高馬尾的女同學說著說著便開始嗚咽。她這一表白，讓隱藏在同學之中的薑糖開始抱團取暖，淚流滿面，邊哭邊笑著祝福。
詹利偉使個眼色，讓葉志恆與姜仕祺趕緊退場，遠離薑糖們的傷心之地。
他倆悄悄回停車場，途中光明正大牽起了手，像對普通的校園情侶。

秋季日照漸短，葉志恆看向姜仕祺時，能見到姜仕祺的側臉與即將下山的陽光。姜仕祺就如同那秋日暖陽般，和煦溫柔。

「幸好有你在。」

葉志恆心裡一陣感動，脫口而出。

猝不及防地，姜仕祺起初還以為自己幻聽了，但周遭人少，他專注力又全在葉志恆身上，正享受兩人如普通情侶般的甜蜜時刻，他不可能聽錯。

姜仕祺很開心，不過也敏銳地察覺到葉志恆藏得極深的沮喪。

那是一種野性的直覺，是ALPHA對自身伴侶會有的特殊情緒感應。通常只發生在ALPHA對OMEGA的伴侶身上，如果能實現在BETA身上，代表他已經認定葉志恆是他的OMEGA。

「是不是還出了什麼事？」

姜仕祺放緩聲調詢問。

葉志恆很少主動傾訴，比起說話，他更常當聆聽的一方。此時此刻，他卻有了傾訴的念頭，大概是陽光很美好，而姜仕祺太溫暖了。

「今天學務長找我談話。」

葉志恆掏出口袋的錄音筆，將那段錄音完完整整播放出來。

他維持低頭的姿勢，眼神平淡，盯著已經播放完畢的錄音筆，不看姜仕祺的反應，喃喃說道。

「如果我答應他的條件，要求學校撤回處罰的目的就達成了。也不用再去申訴或是走法律途徑，如此一來大家都輕鬆。可是我好憤怒。就因為我是普通的、沒背景的ＢＥＴＡ，所以我的訴求從來不被重視。大人利用職權之便任意擺布學生。他們制定利己的規則，嚴格限制我們，自己卻不遵守規則。」

他握緊錄音筆，骨節突出分明。

「我不僅是為了追求自己的利益，而是在追求利益的同時，也要求公平正義。」

明知是無用功，但他還是堅持著。

「我不打算答應學務長的條件，這麼做當然吃力不討好。但如果我答應他，學校就會真以為用特權能息事寧人，學生只能任他們搓圓揉扁。我不能讓他們這樣以為，否則我一直以來的堅持就失去意義了。」

這世界不公平。

他像個傻子般，執著地追求公平正義。

「說實話，我真的好累。」

葉志恆抬頭，對著姜仕祺苦笑，這是他第一次對人說心裡話。即使知道姜仕祺不會取笑他，可他依舊會侷促不安。

姜仕祺疼惜他，一直以來都很想幫他，好不容易從他口中收到求救訊號。他只想給他一個擁抱，而他也這麼做了。

「辛苦你了。從今以後，不要再一個人悶著什麼都不說。學生會、你的同學、還有我，我們都支持你。你把遇到的問題告訴我們，我們可以一起解決。就算解決不了，至少你不用獨自面對這些。」

姜仕祺在他耳邊輕聲細語，試圖撫平他累彎的背脊，雙臂支撐著他。

葉志恆回抱他，腦袋靠在他身上，眼前即是溫煦夕陽，姜仕祺的擁抱如落日般溫暖。他在心裡默念我喜歡你，然後閉上眼睛，懶散地享受被支撐的感覺。

直到鼻息間，聞到從ＡＬＰＨＡ身上飄散出來的肖楠木香。

「學長，你的費洛蒙溢出了。」

葉志恆睜開眼，無情揭穿他。

「對不起，我……我情不自禁。」

姜仕祺無比羞恥，鬆開擁抱，單手遮住自己頸部，想掩蓋不受控制的費洛蒙。

葉志恆主動牽起姜仕祺的手，貪戀地嗅聞姜仕祺的香氣，為這個ＡＬＰＨＡ心動不已，忍不住著急，心想著趕緊回車裡，他要聞個過癮。

他閉起眼睛笑了笑，儘管一開始令他們相遇的契機不夠美好，即便之後可能還要面對奇奇怪怪的刁難，不過如今的他，已能靜下心感謝一切。

感謝這個ＡＬＰＨＡ，陪伴在自己身邊——

番外
寸金難買寸光陰

期末考將至，葉志恆為了準備考試，和姜仕祺約定好禁慾一個月。期間，他不會再去姜仕祺的住處。

然而人在某些不該發情的時刻，性慾總會像要唱反調般旺盛。

眼看明天就要考試，但禁慾一個月的葉志恆已經憋不住了，讀書讀得煩悶，且性慾快要爆炸。從禮拜六晚上開始想，想到禮拜日早上，已經到達極限。

他起了個大早，在浴室做足準備，才傳訊息給姜仕祺。

——學長，早安。你現在有空嗎？

時間是早上六點十五分，姜仕祺一般在六點左右起床，這時間他可能正在浴室梳洗，未必能即時讀他的訊息。他想了下對方會有怎樣的回應。

如果姜仕祺反問他怎麼了，代表他原計畫有事要做，但不緊急，可以為他排開。

如果姜仕祺有無法排開的事，會把行程告訴他，明確表明結束的時間，可以在時間之後做安排。

——有空。

六點十八分，姜仕祺回覆得相當快，怕他不信，還補了一句。

——正準備熨衣服。

葉志恆連讀兩條回覆，放心下來。

姜仕祺假日早上有空就會熨衣服，把衣服燙平是他的個人興趣，為此甚至會刻意買超容易發皺的棉麻材質上衣。

——可不可以預約你一個上午的時間？
——當然可以。怎麼了嗎？要不要去學校接你？
——不用，我搭車過去。你洗乾淨等我就好。
姜仕祺回覆疑惑的貼圖。
——**我要跟你做愛。**
葉志恆發完訊息後，切換視窗，用手機訂好車，等著司機過來，順道買兩人份的早餐。時間抓得剛剛好。
上車後，他切換至與學長通訊的介面，瞧見他連發的貼圖：驚訝、心臟中箭、滿滿的親親愛心。
哈。葉志恆無聲笑著，回覆。
——**上車了。十五分鐘到。**
有些人就是沒有使用貼圖的習慣，比如葉志恆，聊天不講廢話，貼圖不用一張，沒情調到無趣的地步。詹利偉調侃葉志恆不使用貼圖，大概是怕影響到他的男子氣概。
對此，葉志恆不予置評。他不是不喜歡貼圖，只是不擅長找到用貼圖的時機。
簡單來說，他是貼圖笨蛋，不懂怎麼使用。
前往姜仕祺住處，不巧遇到上班上課的尖峰時段，抵達時間比預計晚了十分鐘。
葉志恆付完車費，剛下車，見到姜仕祺從公寓走出向他迎來。
姜仕祺衣著輕便，短袖上衣與深色長睡褲，一雙室內拖鞋，可見出來得匆忙。他頭髮髮尾微濕，散發出他熟悉的沐浴乳香氣。

葉志恆不受控制地情緒亢奮，故作鎮定，將手裡的早餐遞上。

「我買了早餐，你吃過了嗎？」

「我吃過了。」

姜仕祺接下早餐。

「那晚點再吃吧。」

葉志恆倒也不失望，反正早餐什麼時候吃都可以。

從公寓大門走到電梯口，葉志恆刻意緊跟著姜仕祺，幾乎快貼到他的後背，身體一側保持與他接觸。他偷偷嗅聞姜仕祺的香氣，離得近才聞得到那股沐浴乳香混雜姜仕祺的體味，令人上癮的氣味。

電梯門開，姜仕祺率先進入，轉身按下樓層鈕。

葉志恆克制地想著，就快到了，再忍一忍。

可是他已經快一個月沒見到身旁的ＡＬＰＨＡ，雖然他們保持通訊、視訊，但人真真正正站在自己面前，待在有他的地方，聽得到聲音，聞得到氣味，碰觸得到人。

他忍不了。

一秒鐘都忍不了。

葉志恆對著背對自己的姜仕祺，喚一聲：「學長。」

「嗯？」姜仕祺正要轉身。

猝不及防，葉志恆雙手擁抱他，腦袋蹭了蹭他的後背，兩人身體貼得很緊，幾乎沒有縫隙。

「電梯怎麼不快一點。」

葉志恆呢喃抱怨。

姜仕祺心跳驟然加速，順著他的話，抬頭盯著顯示螢幕，看著往上跳的數字，答了聲。

「快到了。」

叮的一聲，抵達他們的樓層。

姜仕祺匆匆步出電梯，葉志恆鬆開手，兩人站到姜仕祺家門口。大門是密碼鎖，姜仕祺負責開門，門甫開啟，急不可耐的葉志恆便粗魯地推著人進去。

「阿恆？」

姜仕祺錯愕且無防備，他轉身時，被囿於葉志恆雙臂之間。他一個人高馬大的精壯ALPHA被身形瘦高的BETA壁咚，大門門板往內開，門還沒關上，就被困在玄關。

葉志恆貼近ALPHA，深嗅他的味道，心癢難耐。

「阿恆……」

姜仕祺低頭，同樣情不自禁，洩出動情時的費洛蒙，下意識地勾引對方。

葉志恆仰頭，與他對視，貼近到臉頰能蹭到對方的脣瓣。

「門還沒關。」

姜仕祺顧慮著敞開的大門，卻又很想親吻眼前誘人的BETA。

「嗯，你關。」

葉志恆不負責任地說著，雙手摟住姜仕祺，開始親吻他。像是有火在心底燃燒，一路燒到腹部、燒到腦袋，急切地想要獲得宣洩。

ＡＬＰＨＡ迎和他，與他舌與舌的交纏，單手扣著葉志恆的肩膀，緩慢移動著，不忘關上大門，帶著意亂情迷的ＢＥＴＡ往主臥室的方向走去。

他們身體完全貼緊在一起，彼此能察覺到細微的變化，他和葉志恆的性器勃起，互相抵著對方，隨著移動而相互摩蹭，越蹭越起勁。

光是如此，葉志恆就快失守。

進主臥室後，吻得難分難捨的他們，終於稍停，各自退開些。

姜仕祺坐在雙人大床邊，而葉志恆單膝靠在床上，另一腳還站在地板上。

葉志恆居高臨下俯視ＡＬＰＨＡ，他喘著氣，眼神筆直，盯著對方的唇，隨時可以繼續，但他有話要說。

「學長，我出門前已經做好準備，你可以直接進來。」

「阿恆，你不要急。」

姜仕祺怕他過於急色，勉強自己反而傷身體。

「我只有一個早上的時間。」

葉志恆之所以迫不及待趕著進入主題，主因是現在做的事並不在他原本預定的計劃之中。

「不行。我們慢慢來。」姜仕祺堅定。

氣得葉志恆啃咬他的下巴，隨後又捨不得地舔著含著，軟磨硬泡，懇求。

「可是我已經進入狀態了，你要憋死我嗎？」

「會給你的。」

姜仕祺也很想，可這事快不得。

他單手搭在他腰間，順著腰，大掌往下覆蓋著他的臀肉，接著探入隱密處，查看擴張的程度。

BETA確實擴張過了，但不過是能容納兩指的寬度而已，那處需要被揉得更鬆才能吞下他的尺寸。

「學長……」

葉志恆甜膩語氣喊著他，身體垂靠到他身上，哀求。

「你幫我弄。」

姜仕祺沉吟，取潤滑液塗抹後，手指重新探入葉志恆體內，感受著裡頭包裹的緊度，喉嚨一陣乾癢，壓抑著ALPHA殘暴的天性。

ALPHA手指修長骨節分明，能探入比葉志恆自己弄時更深的位置，敏感點被觸及時，他喊了一聲，聲音不像是自己平時的聲音，但此時顧不上羞恥。那處被刻意猛攻，害得他頻頻發出呻吟，身體使不上力氣，被姜仕祺輕放，讓他整個人趴躺在床上。

姜仕祺幫他脫褲子時，他才好不容易緩過氣來。

他那裡被揉得很鬆了，開開合合，渴求被滿足，已經可以承受姜仕祺的尺寸，即將進入正題，他亢奮得差點高潮。

為了控制自己高漲的情慾，他不敢看向姜仕祺，怕見到秀色可餐的ALPHA身體，他會失控。

葉志恆將臉埋在蓬軟的枕頭上，只用感覺去判斷。姜仕祺在他腹前放了抱枕，墊高臀部，又塗了一次潤滑液，也給自己賁張的巨物整根塗滿，就抵在入口處，嘗試擠進窄穴。

姜仕祺不疾不徐的動作，彷彿游刃有餘，惹得欲求不滿的葉志恆心焦如火。快點。葉志恆無聲吶喊，渴望得要瘋了。

倏地，姜仕祺斗大的汗水落到他後背的肌膚，葉志恆才意識到身後的ALPHA同樣忍得辛苦。

幹嘛這樣。他咬牙切齒，臉埋得更深，姜仕祺的溫柔讓他想哭。

「阿恆，進去了。」

姜仕祺單手扣著他的肩膀，另一手扶著性器緩慢往深處推進。ALPHA巨碩的尺寸擴開甬道，被肉壁緊緊包裹，情不自禁地舒口長氣，稍稍停下來，等他適應自己。

他沒有擁抱過OMEGA，他只擁抱過葉志恆，健康教育的陳述是男性BETA並不適合做承受的位置，不過顯然他們只對了一半。如果遇到身體相性特別好的對象，男性BETA也會對性事沉迷。

他身下的葉志恆已經難耐地扭著腰，積極地蹭動。

葉志恆側過臉，不再將臉埋在枕頭裡，邊喘著粗氣，邊跟姜仕祺對話，催促他動作。

「學長，我可以了。你、快點……肏我。」

姜仕祺忍無可忍，總算解放天性，憋了近一個月的ＡＬＰＨＡ的性慾，一口氣猛烈地爆發。他壓制著葉志恆的身體，猛烈肏幹，大開大闔，肉體間的撞擊聲啪啪作響。ＡＬＰＨＡ的費洛蒙不受控制地瀰漫整個房間，刺入ＢＥＴＡ的鼻間，惹得他起應激反應，這反應又與性事相結合，讓葉志恆情緒亢奮，高漲的情慾完全停不下來。

從葉志恆口中發出甜膩的呻吟聲，姜仕祺每一下都觸動到他舒服的位置，害得他第一次結束得很快。陷入狀態中的ＡＬＰＨＡ沒給他半點休息時間，扯著他的手臂，將他翻了個身，換個看得到臉的姿勢，繼續進攻。

葉志恆有點難形容此時的感受，憋了一個月的性慾非常可怕，即使再射精後，又持續被侵犯，他也覺得很好，身體麻麻的，但心裡十分滿足。

他伸手撫摸姜仕祺結實的身體，超喜歡ＡＬＰＨＡ精瘦不誇張的肌肉，肌膚泛著豔麗的紅粉，他的手停在姜仕祺的胸前，感受他劇烈的心跳。

和他相似的脈動。

他想著，再更激烈點，把他搞得一塌糊塗，弄得亂七八糟吧。

＊＊＊

上午十一點半，葉志恆的手機鬧鐘響起。

手機放在外套口袋，外套被丟在客廳某處角落，敬業地呼喊他人的注意，滴鈴鈴越叫越響，絕不輕易罷休。

葉志恆正纏著姜仕祺接吻，聽見鬧鈴聲響，理智警告自己鬧鐘響了，嘴卻停不下來，舌尖舔著他的口腔，發出不能再繼續的輕吟，滿滿的不甘心。

姜仕祺不清楚鬧鈴代表的意義，摟著葉志恆的腰，迎合他的親吻，殊不知這場親暱即將結束。

不行。時間到了。

好想要繼續。

葉志恆的理智與性慾在拉鋸，互相拉扯，最終慾望稍微占上風。

最後一次，再一次就可以。

「學長，我來。」

葉志恆積極推倒他，以騎乘姿勢，坐在姜仕祺身上，急切地吞吐ＡＬＰＨＡ碩大的陰莖，經過這麼長時間的性事，那處早被肏開，已能輕易容納他的尺寸。

他雙手扶著姜仕祺的腹部，臀部主動且激進地搖起來。

姜仕祺明明是肏人的，卻反像是被肏的一方，呼吸紊亂，受不了般的輕聲呻吟。

他們甚至沒來得及戴套，直接進入。

葉志恆像被情慾支配的怪物，狼吞虎嚥吃著男人的肉棒，猛攻自己最舒服的地方，想怎麼來就怎麼來，偶爾還能親一口失去抵抗力的ＡＬＰＨＡ。

「阿恆……阿、阿恆……不行，沒戴套……快退出來，要射了！」

姜仕祺瀕臨高潮，兵荒馬亂之下，扣住葉志恆的腰，控制住他猛浪的動作。

葉志恆雙手摩挲姜仕祺繃緊的腹部肌肉，他臀部小幅度地繞圈，即便被控制腰，仍可以蹭得ＡＬＰＨＡ受不住，帶著撫媚的慵懶，誘惑道。

「射在我裡面。」

姜仕祺頂不住，在視覺觸覺聽覺各種衝擊下，於ＢＥＴＡ體內乖乖繳械。

葉志恆也靠後面爽到射精，白濁液體濺到姜仕祺的結實的腹肌上，把ＡＬＰＨＡ弄得髒兮兮。

他深吸口氣，然後長吁出聲。

滿足了。非常滿足。被填得飽飽的。

鬧鐘再次響起，是另外的鈴聲，滴滴滴響著，代表現在是十一點四十五分。

饜足的葉志恆，俯身親一口辛勞的姜仕祺，接著下床。他雙腿有點麻，但不妨礙走動，抽衛生紙粗糙擦拭後，從更衣室拿出一套衣物。

姜仕祺餘韻猶存，眼神微呆滯，盯著葉志恆走動，沒反應過來他在忙什麼。

直到葉志恆穿上自己的褲子，配上屬於姜仕祺的襯衫，他聞了一口衣領，洗得太乾淨，沒有ＡＬＰＨＡ的氣息，令人不滿意。他從洗衣籃撿了一件姜仕祺穿過還沒洗的上衣，確認過上頭殘留有屬於ＡＬＰＨＡ的氣味，才滿意地重新換穿。

姜仕祺總算反應過來，茫然地問。

「你要走了？」

語氣藏著一絲委屈，像是被拋棄的可憐小狗。

「嗯。我自己搭車回學校。」

葉志恆轉身背對他，不敢面對姜仕祺，怕自己心軟留下。他最好趕緊走。

「阿恆，吃完午餐再走。」

姜仕祺提議，也下了床。他甚至來不及著衣，一絲不掛，隨著葉志恆一路跟到玄關。

「不行，真的沒有時間了。明天就是期末考。」

葉志恆撿回外套，停下腳步，示意姜仕祺別再跟了。

「就是太想你，才跑過來見你一面。我還剩好多內容要看。」

聽他這樣說，姜仕祺既捨不得他走，又不想占用他讀書的時間。左右為難，最終依舊只能接受葉志恆連午餐都不一起吃，對他射後不理的冷酷無情。

漂亮的ＡＬＰＨＡ留在原地，身上還有葉志恆射出的東西，順著肌膚往下滑落，散發出情色誘人的氛圍。

葉志恆不敢看他太久，收回視線，倉促說道。

「等期末考結束，我再聯絡你。」

「嗯……」

姜仕祺低落的單音回應。

「我走了。」

葉志恆捨不得也得捨得，推開門，埋頭就走。

「嗚……」

姜仕祺哀怨，目送葉志恆出門。

他真的沒再回頭。

葉志恆在公寓大廳待了一會，一邊等車過來，一邊沉澱情緒。他體內還殘存ALPHA射出的精液，精神很滿足但身體懶倦。

他一個BETA卻帶著ALPHA的氣味，猶如被ALPHA標記的OMEGA，有了新的屬性。

就是有點對不起其他人，自己渾身充斥著優質ALPHA的費洛蒙氣味，像在對等級較低的人施壓似的。

他也千萬個不願意啊。

上了車沒多久，前方無辜的ALPHA司機便牙齒直打顫，發出喀喀喀的聲響。

葉志恆愧疚，在心底瘋狂道歉。

對不起。

同一時間，姜仕祺躺在歡愛後一片狼籍的大床上，不想收拾殘局，他拿著手機，快速打字，在社交軟體上哀嚎。

——可惡的期末考!!

湯莎菲留言。

——**不用期末考的傢伙喊什麼燒？**

姜仕祺回覆。

——**妳不懂。**

朱嘉欣表示。

——**我知道，學弟閉關中。**

姜仕祺給朱嘉欣的留言點了讚。

明明人剛剛還在他懷裡，他們分開還不到一個小時。

他已經很想他了。

番外
暑假的早晨

暑假的尾巴，葉志恆提前一個禮拜回校，心安理得地賴在姜仕祺家白吃白喝。

他對姜仕祺家的咖啡機非常熟悉，早起梳洗完的第一件事，就是點擊按鈕泡一壺咖啡。咖啡機的機身上，吸著成雙成對的超市贈品醜公仔。

喝完咖啡的葉志恆才真正睡醒過來。

他架好大尺寸平板，戴上眼鏡，隨意瀏覽國內外新聞。平板的字被他調整到最大，閱讀起來非常舒服。

他對早餐沒有追求，極度不講究，一片全麥吐司與兩顆真空包裝的滷蛋，懶得烤吐司，也不抹果醬，配著滷蛋與咖啡，乾巴巴地吃著。

主臥室傳來開門聲響，而後是慢條斯理的腳步聲，往餐廳的方向移動。

「早。」

葉志恆向房子的主人打聲招呼。

剛睡醒的姜仕祺半瞇著眼，要醒未醒的模樣，頭髮亂七八糟地披散，全身只穿一件平口內褲。他懶懶散散地來到葉志恆的身旁，彎腰親吻他的頭髮，還深深聞了一口。然後他滿足地吐口長氣，回應：「早。」

葉志恆拿起桌面上的水瓶與倒扣的玻璃杯，為他倒杯白開水，推到他面前。

姜仕祺從善如流，接受他遞過來的水，仰頭咕咚咕咚地大口飲用。

葉志恆抬頭，盯著身旁的人，裸露的結實肉體、寬肩窄腰、勻稱好看的肌肉。喝完水的他放下玻璃杯，伸手，由前往後捋了把披散的頭髮，露出漂亮凌厲的臉龐，微皺著眉頭，似是不悅，和平時和善的模樣有著強烈的反差。

這樣的ＡＬＰＨＡ渾身性感而不自知，看得葉志恆心癢，一股火氣竄起，蠢蠢欲動。

他嚥下口水，目光悄然盯著對方，虎視眈眈，暗自盤算著該不該對眼前的尤物下手。

「今天有什麼大新聞嗎？」

姜仕祺隨意詢問，走進廚房取馬克杯，為自己倒杯熱咖啡。回餐桌時，他坐入葉志恆對面的座位。

葉志恆挑選幾則新聞，漫不經心地簡要敘述。

咖啡下肚，姜仕祺清醒幾分，眼神不再銳利，神情放鬆，恢復平時溫和的樣貌。聽著葉志恆的簡述，發出單音的應答聲：

「嗯——」

葉志恆談完兩則新聞，似是口渴，端起咖啡淺啜。他微微垂頭，藏起自己的表情，咖啡杯小角度地傾斜著。他的腳不安分地蹭上毫無防備的姜仕祺，沿他的腳背往上爬，貼著肌膚越過小腿，探入大腿之間，直直踩向位於中點的性器。

ＡＬＰＨＡ的那物沉睡著，卻也分量驚人。

他用腳趾的觸感，仔細感受姜仕祺的形狀，從柔軟逐漸膨脹的過程，讓他很有成就感。

「嗯！」姜仕祺悶聲，身體前傾，一手撐著桌面，一手扣住葉志恆作怪的纖細腳踝。

葉志恆被抓住腳，也不懼怕他，不慌不忙地放下咖啡杯，嘴角上揚，精明的雙眼此時惡質地彎起，腳踝被扣住，但腳掌是自由的，人體關節靈活得不可思議。他讓腳掌往前深踩，蹂躪著對方那處。

ＡＬＰＨＡ的性器不因他踩踏而疲軟，反倒更加硬梆梆。漲大的肉柱隔著一層內褲，抵著他的腳掌，彰顯壯碩且不可忽視的存在。

「阿恆……」

姜仕祺克制地喘息，扣著人腳踝的手，像是要制止他，卻又捨不得拿開，拇指摩挲著腳部的肌膚，戀戀不捨。

「學長，你被我踩硬了。」

葉志恆手肘拄著桌面，單手撐著臉，臉上的笑容完全壓制不下來，眼中帶著亢奮的情緒，欣賞ＡＬＰＨＡ因他而陷入情慾之中。

染上情慾色彩的姜仕祺，漂亮得令人著迷，又被半推半就縱容著，葉志恆放肆地虐待那處。

「怎麼辦呢……怎麼硬成這樣了？」

葉志恆明知故問，腳掌對ＡＬＰＨＡ巨碩的性器形狀磨磨蹭蹭。

他時而挑逗、時而踐踏，對方的性器為他血脈賁張。

姜仕祺難耐地發出好聽的呻吟，就連葉志恆壞心眼而說出的調侃人的話，也讓他很有感覺。高潮時，他整個上半身趴躺到桌面，閉上眼睛，被葉志恆的腳趾掐著射出精液，又痛又爽。

他手仍扣著葉志恆的腳，對方作孽完就想抽回，他偏不讓。他手指捏著ＢＥＴＡ的腳，纖細的腳踝，薄薄滑順的肌膚，浮起的血管，突出的骨頭，扁平的腳掌，以及每一根腳趾。

他揉捏與撫摸的方式非常色情，帶著明顯的情慾意圖。從腳趾再到腳背、腳踝，然後是小腿，往深處探索，愛不釋手。

「還想要是不是？」

葉志恆的腳掌重新踩上ALPHA的跨間。

那處又開始精神奕奕，形狀巨碩彰顯自身的存在，屬於ALPHA無窮無盡的精力。

「你待會不是要開會？」

葉志恆忍不住再次用腳趾輕踩。他接受學長傳達的情色意圖，就是不確定時間上來不來得及。

「……還有兩個小時。」

姜仕祺額頭貼著桌面，又想要又糾結，兩個小時根本不夠用。可是他捨不得放手，還想跟葉志恆好好親近。

兩個小時，不太夠用啊。

葉志恆手仍舊撐著下巴，嘆道。

「啊啊——怎麼辦？只剩兩個小時呢。」

得速戰速決了。

後記

大家好，我是怪盜紅斗篷。好久不見，我終於又出書啦！

感謝東販編輯給我許多建議跟幫助，與我的作者朋友櫻薰提供香味的參考資料，以及繪者的優秀美圖。

謝謝大家的協助，讓我順順利利完成這篇ABO背景，兩個大學生談戀愛的BL故事。感動。

我去年在收容所領養一隻黃毛米克斯，取名貝貝，靈感來源是寶寶貝貝中的貝貝。牠選中我當他的主人，非常堅定地找上我。

貝貝臉上有川字，看起來超級憂國憂民，胎毛黯淡，醜萌醜萌。剛來我家的時候，超級瘦，吃飯狼吞虎嚥，好像餓了幾百頓。

不過我要幫收容所平反一下，我相信他們應該是不會讓貝貝餓到，最多就是吃不飽，因為狗太多，沒辦法餵飽每一張嘴，也是能夠理解的。

經過我家養育下來，貝貝現在吃飯要弄得小小塊，太大塊牠會覺得你在開什麼玩笑，回家會在門口等著被擦腳，吃飯會等我們先吃，出門散步不撿東西吃，數都數不完的優點。

長大的貝貝退去胎毛，現在臉長得帥翻了，憂鬱帥哥的模樣，嚇壞我，這不是我原本預期會發生的事。米克斯真的是驚喜包。而且牠還有一股渾然天成的高貴氣質，我都很疑惑他到底為什麼看起來會這麼貴，明明只是一隻普普通通的小黃狗。

養狗真的好快樂呀。

養狗也很麻煩，貝貝每天散步五次，每個月花掉很多錢錢，個人時間空間被擠壓，放假很難睡到飽，旅行不方便，未來的規劃一定要有牠。

有人說養狗的障礙是要撿大便擦尿，讓人很難克服，相信我，撿大便擦尿是飼主最簡單的工作。哈哈。

大家有養寵物嗎？我最喜歡聽寵物做的蠢事或是聰明到讓人驚豔的事，都來跟我分享吧。

國家圖書館出版品預行編目資料

我被校內頂流ALPHA纏上了／怪盜紅斗篷著.
-- 初版. -- 臺北市：臺灣東販股份有限公司, 2023.01
202面；14.7×21公分
ISBN 978-626-329-662-6（平裝）

863.57　　111020957

我被校內頂流ALPHA纏上了

2023年1月1日初版第一刷發行

作　　者　怪盜紅斗篷
封面插畫　HT
編　　輯　魏紫庭
發 行 人　若森稔雄
發 行 所　台灣東販股份有限公司
＜地址＞台北市南京東路4段130號2F-1
＜電話＞(02)2577-8878
＜傳真＞(02)2577-8896
＜網址＞http://www.tohan.com.tw
郵撥帳號　1405049-4
法律顧問　蕭雄淋律師
總 經 銷　聯合發行股份有限公司
＜電話＞(02)2917-8022

我被校內
頂流α
纏上了

《我被校內頂流α纏上了》・非賣品 東販出版